JN249676

ゲーリー・スナイダーを読む

場所・神話・生態

高橋綾子

思潮社

ゲーリー・スナイダーを読む——場所・神話・生態

高橋綾子

思潮社

装幀＝思潮社装幀室
カバー写真＝原 成吉

目次

凡例

1. ゲーリー・スナイダーの邦訳は、記載したもの以外すべて拙訳による。
2. 引用文献の該当ページ数を示す際には、アラビア数字で（　）内に記した。
3. 作品名（　）内に記す際には、適宜省略形または略号を用いた。
4. 外国語文献の邦訳書から引用する際には、適宜訳語を調整した。

ゲーリー・スナイダーを読む
——場所・神話・生態

序章　ゲーリー・スナイダーの詩の世界

ゲーリー・スナイダーは、一九三〇年に生まれ、六〇年代からほぼ半世紀に亙って精力的に活動し続けてきた現在も現役の詩人である。翻訳家、仏教徒、エコロジスト、活動家などの多面性をもち、六〇年代アメリカのカウンターカルチャーにおける中心的役割を果たした。五六年からおよそ十年間、京都大徳寺で臨済禅の修行に励んだことから、日本の知識人や日本文化との交流が深く、幅広い層から慕われるアメリカ詩人でもある。日本での翻訳・紹介は、故金関寿夫氏が『アメリカ現代詩ノート』などに書いて以来、金関氏が中心となって進められてきた。スナイダーが『終わりなき山河』を出版した九六年に金関氏は亡くなり、これ以降のスナイダー作品は、原成吉氏と山里勝己氏が中心になって翻訳・研究されてきた。現在でもアメリカ文学、禅仏教、部族、環境運動、環境文学批評、文化人類学、俳句など様々な分野から注目され続けている。

スナイダーの詩の魅力とは何だろう。まず、九〇年までの代表作を収めた詩集『ノー・ネイチャー』から「水面のさざ波」を金関訳で全文引用しよう。

「水面のさざ波は――その下を通る
ギンザケが起こすので――そよ風が起こす
さざ波ではない」

波の上を疾走する羽毛一枚――
ザトウクジラが
ニシンのかたまりを　飲み込みながら
大気中に　跳び上がる
――自然は　本ではなくて、一つの「パフォーマンス」、ある
高度の　古い文化だ

削り落とされ、消し去られ、何度も何度も繰り返し使われた
常に新鮮な事件――
草原の下に身を潜める川の
より合わされた水流――

広大な原野

家、一軒。
原野の中の小さな家、
家の中の原野。
二つとも　忘れ去られて。

自然は無性

二つ合わせて、一軒のどでかい空っぽの家。［NN 381］

この詩では、スナイダーの自然観、アメリカ先住民と仏教の教え、文化人類学的な思考が混然一体となっている。冒頭の引用は、「水面のさざ波」という現象がギンザケの行動によるものだと、読者の視点を人間中心から動物中心へと転換させている。次に登場するザトウクジラは、肺呼吸をする哺乳類で、歌を歌うようにコミュニケーションをとると言われ、「大気中に　跳び上がる」は、ザトウクジラの呼吸と同時にブリーチングという行動を表現するものだろう。動物によるパフォーマンスが明示される象徴的な導入だ。「自然は　本ではなくて、一つの「パフォーマンス」、ある／高度の　古い文化だ」はどうだろう。「本」とは人間の書物、記録だが、それをあっさりと否定する。「パフォーマンス」とは、ザトウクジラの歌を指し、スナイダーがエッセーで後に述べるように「人間と動物とをつなぐ硬貨」である。つまり「パフォーマンス」によって人間と非人間が意思伝達をできるのだ。ここには人間中心主義から生命中心主義への転換が見てとれる。自然のありようは、自然にとっては、ある事件によって引き起こされた現象である。

次のスタンザは少し飛躍がある。「広大な原野／家、一軒。／原野の中の小さな家、／家の中の原野。／二つとも　忘れ去られて。／／自然は無性／／二つ合わせて、一家のどでかい空っぽの家」。まず、原野（ウィルダネス）という語から、スナイダーがアメリカ文学のウィルダネス（荒野）、とくにH・D・ソローの系譜にあることがわかる。『ウォールデン――森の生活』と死後に出版された『メインの森』におけるソローの「野性」の概念を継承し、『野性の実践』において「どんな文明でも耐えられないほどの野性を与えて欲しい」という格言を引用している。さらに、華厳思想の融合があり、微塵のなかに大きな世界が全部あるという考え方、つまり「一即多・多即一」という根本的な概念が継承されている。「一即多・多即一」に基づく因陀羅網という概念では、インドラ神の宮殿にある網で結び目に珠玉がつけられ、互いに映じ合って、それが無限に映じると考える。この重々無尽のイメージこそ、生命の相互依存性や多様性、つまりエコロジーの表象を想起させるのだ。華厳の「一即多・多即一」の考えから、「原野の中の小さな家」と「家の中の原野」は、「原野」＝「多」、「小さな家」＝「一」となり、「原野」のなかに「小さな家」を見、「小さな家」に「原野」を見ることは、《空》に達することができれば可能である。「家」と「原野」は対極にあるが、道元の言う「自己をわするることは万法に証せらるるなり」、自己を忘却して《空》に達することができれば、二元論を越えた「一軒のどでかい空っぽの家」となれる。ここではスナイダーの予言的な提言と言える生命中心主義とエコロジーが、アメリカ先住民の神話や仏教とあわせ、独自の知覚と認知が融合して詩のことばとして顕わになっている。このような仏教についての引用と解釈が、スナイダーの詩を難解に感じさせてきたと言えるかもしれないが、一方で、とくに東アジアでの読者や研究者が多いことにもつながっている。このような複雑で好奇心を喚起する斬新なメタファーが、スナイダーのライフスタイルと一致することによって深いポエジーを与えているのだ。スナイダーは、変化の時代を先導してきた詩人のあり方そのものであると同時に、その先見性ゆえに幅広い分野から信頼と関心が寄せられてきた詩人である。

本書では、自然と人間の新しい関係性を提示したスナイダーの詩と思想の変遷・発達過程を考察していくつもりである。彼の提示するその関係性は、全生命共生への新しい視座を提供し、詩は人間と非人間という境界を越えるだけでなく、アメリカと東アジアという地理的境界、彼の知性を形成している学問領域の境界を越える視座を包含する。本書が扱うのは作品全般で、章を追って各年代を特徴づけるテーマを選定し、その想像力や詩の形式・隠喩の特質を考察する。また、テーマ選定の根拠を明らかにするために、詩人の自筆書簡や日誌をもとに作品の背景や生活を広く収集した。その上で各テーマに沿って、スナイダーの詩がどのように形成され発展したかを検証することを中心に進めていきたい。

西部開拓者を祖先とし、オレゴン州ポートアイランド近くの農場で育ったスナイダーは、アメリカ先住民を通して学んだ文化人類学や神話、十年余りに及ぶ日本滞在と禅の修行をもとに、一九六八年にアメリカに帰国した後、エコロジー運動を展開していく。七八年に詩集『亀の島』でピューリッツァー賞を受賞し、その後、エッセー集『野性の実践』において生態学的地域主義を提唱するなど、人間中心の立場とは対照的な、自然界の個々の生命を重視する環境中心主義の立場をとっていることは広く知られている。

レイチェル・カーソンの『沈黙の春』をはじめ、六〇年代以降、アメリカ現代文学においては、エコロジーに対する関心が深まり、自然と人間との関係性をめぐる文学はネイチャーライティングとも呼ばれ、環境文学批評とともに発展を遂げてきた。六〇年代から人種、階級、ジェンダーが文学批評の観点となってきたが、九〇年代以降、その範囲を環境まで広げたのが環境文学批評で、その後、環境文学というジャンルを創出している。スナイダーは、五〇年代の出発当時から、生態系や生態学に関する強い関心を示す作品を発表してきた。したがって、それは環境文学批評の対象となる主たるテキストにも成りえてきたのである。

まずはそのようなスナイダーの半生を辿ってみよう。彼は学生時代の五〇年頃から、人間と自然との関係性に着目し、生態系のなかの人間像をいち早く提示した。彼の意識を領していたのは場所であり、場所と人間、非人間の関係性を継続的に追及し続けている。文学はその時代の問題と格闘し、読者に答えを提示するが、スナイダーは、学生時代から、その時代の問題と向き合い、生活経験を生かしながら、詩のテーマと融合させてきた。彼の若い頃の関心は、自然とアメリカ先住民の神話から始まり、学生時代の終わり頃に、鈴木大拙の著作を通して禅と出会うことになる。自然、神話、禅に対する関心は、スナイダーのなかでどのように切り結ばれてきたのか、これらは詩にどのような作用をもたらすに到ったのか、これらを解明していくことが本書の中心的な課題である。

ところで、アメリカでは一九七〇年代からスナイダー研究が始まっている。[1] 初めて研究書が刊行されたのは七一年、ハワード・マコードの *Some Notes on Gary Snyder's Myths and Texts* で、これは第一詩集『神話と本文』の研究だ。[2] 全作品を扱った初の研究書となったのは、七六年のボブ・ステューディングによる *Gary Snyder* である。[3] 日本における論述でスナイダーが初めて登場したのは、六一年のスナイダー自身の執筆によるもので、本格的な研究の開始はアメリカに遅れることほぼ十年の、八〇年代である。現在、翻訳九冊、論考四十八本、博士論文三本、研究書二冊がある。[4] 韓国、中国と比較すると、日本は翻訳数が多いことが特徴で、これにより日本ではより多くの読者を獲得している。日本のスナイダー研究を三十年を経て概観すると、韓国におけるスナイダーに関する学術論文には六つの分類があるというが、[5] 日本では①詩学、②仏教、③宮沢賢治、④寒山、⑤エコロジー思想、⑥場所や生態地域に分類することが可能ではないかと考える。総じて日本の研究は、スナイダーの日本滞在を背景とし、アメリカ詩と日本文化の折衷や融合を論じた詩論を中心に、宮沢賢治、寒山、能、短歌、俳句、禅、真言密教、山岳信仰、日本のカウンターカルチャーの担い手である「部族」、『終わりなき山河』について、日本文化との比較研究が主になされてきている。このようななかで山里勝己の『場所を生きる』は、環境文学批評の「場所の感覚」や「生態地域」を中心テーマとしている点において、これまでの日本のスナイダー研究の限界を越えた、地球文学に値するものとなっている。[6] 「場所」と「生態地域」については、環境文学批評の視点によって、直面する環境問題への関与が可能となっており、今後は、スナイダーと、「部族」の詩人や芸術家との関係、日本の少数民族文化との関係、日本の環境文学作品との関係などがさらに研究されることだろう。

本著では、スナイダーの思想の歩みを九期に分け、それぞれ特徴的なテーマを選び、詩作品とそれに関わるエッセー集、自筆書簡や自筆日記、それらの背景となっている文献を検証し、詩の変遷を考察する。作品解釈に続き、根拠づけの資料・文献などを補いつつ、最終的に結論を導き出す手順となっている。序章に引き続き九章から構成され、展開しようとする主な内容は次の通りである。

第一章では、アメリカ先住民の神話を思想上の拠り所にしていたスナイダーが、なぜそこから仏教に変化していったかについて、詩集『神話と本文』『リップラップと寒山詩』をもとに検証することから始める。彼は二十代前半、アメリカ先住民に関心を抱き、自然と親密にそして対等に暮らしていくにはどうしたらよいか、自分自身はどう生きればよいかを模索していた。そして、アメリカ先住民の神話研究を通して、人間の本質を深く理解し、さまざまな領域を越えるための指針が必要であると感じたことが仏教との出会いにつながった。そうした神話から仏教へと関心が移っていく二十代の問題意識の変化を考察する。

第二章では、日本における禅の修行が詩人としての成長にどのような変化をもたらしたのか、詩集『奥の国』をもとにそのプロセスの解明を目指す。詩の背景である心の深層を解明していくため、彼の自筆日記、書簡、仏教に関する文献をもとに検証を行った。仏教に関する文献は、スナイダーの指摘により鈴木大拙の著作を主に扱った。スナイダーは、禅の修行によって、行動することと考えることが一体となることの重要性を学び、瞑想修行を通して意識の深層に関心をもち現実の女性たちと自分の精神との関係を考察した。彼の精神には女性的なもの、カーリー女神が象徴する場所が存在した。しかし、これは過渡的な段階であり、さらなる発展がなされなければならなかった。スナイダーは、日本滞在以前に、自分はどう生きるべきなのかを模索していたが、精神の深層、女性性、自然の声を伝えることに詩人として使命を見出していく。これはアメリカに帰国後さらに深まる可能性をもっていた。

第三章では、前章で課題となった、精神の深層における女性性や自然の存在が、他にどのようなものと結びついていったか、詩集『波について』をもとに考察する。意識の深層、神話、女性、自然が絡みあうスナイダーの想像力は、仏教の研究の深まりによって、あるいは家族をもつことによってどのように変化してゆくのか。

詩集『亀の島』は、スナイダーが家族とともに帰国後、アメリカ社会の現実に直面し、これまでの仏教修行の成果を社会に投げかけていった作品だ。ヨーロッパにおいて、創造は男性によってなされるものとされてきたが、スナイダーは、波＝妻＝女性＝創造的なエネルギーを見出すことによって、創造が女性的世界であることを導き、そこで神話的、大地的世界と仏法を融合させている。第四章では、この「波動」の変化を跡づけながら、「波動」のもつ特徴と発展を論じるために、詩集『亀の島』とともに、エッセー集『野性の実践』『空間における一つの場所』を考察に用いて解釈の一助とした。

第五章では、長編詩『終わりなき山河』を環境詩としての読み方をメタファー、夢、女性の観点で展開したいと思う。自然、仏教、芸術への関心が総合的に表現されている「山の精」の考察も組み込んだ。

第六章では、新詩集『絶頂の危うさ』における新たな方向性を考察し、これまでのスナイダーの想像力との関係を論ずる。とりわけ「絶頂の危うさ」と「風塵」という新しい文学表象について考察を行った。

第七章では、新しいエッセー集『火を背にして』と『自由のエチケット』について、二つの作品の意義をバイオリージョナリズム（生態地域主義）の再考と新しい表象に分け、『野性の実践』『空間における一つの場所』と照らし合わせながら考察を行う。

スナイダーは、『野性の実践』においてバイオリージョン（生態地域）に関して多く見解を述べているが、そこで道元の『正法眼蔵』から数多く引用している。なぜ、バイオリージョナリズムに関する見解に道元が引用されているのか、第八章ではその関係を探ることを目的としたい。スナイダーの言説から自然と場所について問題を提起し、彼が自然と場所に関して、まず道元の『正法眼蔵』から何を引用し、論を展開しているかを考察する。次に、『正法眼蔵随聞記』から道元の意図していたことを明確にし、スナイダーの意図を対象化する。最後に、彼が仏教の教えをもとに、何を追究しバイオリージョナリズムに反映させてきたかについて考察を行いたい。

付章では、インタヴューを収録する。本稿の各部分における疑問点に対する回答、他の研究者が行ったインタヴューをさらに深めた質問に対する回答、そして、最新詩集に関するものを収める。

それでは、スナイダーの詩と思想の変遷、発展を詳しく見ていこう。

第一章　土地と神話——詩人の出発点

スナイダーの孤独と希望

第一章では、アメリカ先住民の神話を思想上の拠り所にしていたスナイダーがなぜそこから仏教へと変化していったか、二十代における問題意識の変化を確認することにしよう。

スナイダーは、「私は幼い頃、誰かによって教えられたことではないが、自然界に親密で、直観的、そして深い共感をもっていた。そして、ある面で自然は私の「指導者」（guru）であった」（*TRW* 92）と語っているように、幼いときから自然に深い関わりをもって生活していた。この「自然」こそが人生の原点にあった。また、「私の幼児期の世界には、白人とわずかの年老いたサリッシュ族のインディアン、そして目の前に広がる半分は手をつけられていないが半分は破壊された自然界があった」（*TRW* 93）と語り、アメリカ極西部の自然のなかでの自分の場所（土地）の性格を強く意識している。その世界は白人が支配していたが、先住民であるインディアンも少数ながら存在し、手つかずの自然と白人の文明によって破壊された自然があった。わずかに残っていたサリッ

シュ族のインディアンが彼に伝えたものは、自然と人間との豊かな関係である。それに対して、土地の大部分は白人文明によって侵食され、破壊され、自然との関係が断たれた荒涼たる状態にあった。

スナイダーは、「幼い頃、ヨーロッパの文化や政治には関心がなかった。自分の心、自我、自分の場所というのが現実の世界で、自分の場所にだけ強い親密感をもっていた」（*TRW* 93）と語っている。とはいえ、「ヨーロッパの文化や政治」は彼の育った母胎であり、無意識のうちに思考を支配していただろう。ジェームズ・ライト・クランクは、スナイダーの想像力がビート詩人たちとは違って、その視線が東洋に向けられている点で特異なものであることを指摘しつつ、「（スナイダーの）想像力は、本質的に西洋人的なものである。彼の詩は、アメリカ極西部の風景に力強く位置し、種を蒔かれ根づいている[1]」と述べている。これは、スナイダーの想像力が「本質的に西洋人的」であるとともに、アメリカ極西部の自然に根づいたものでもあり、その上に特異な性格が形成されたことを強調したものである。このような特異な想像力を可能にしたものは何だったのか、初めにその出発点を確認したい。

スナイダーの意識を領していたのは自分の「場所（土地）」である。「自分の心、自我、自分の場所というのが実際の世界であって、自分の場所にだけ強い親密感をもっていた」という言葉にはそのことが強く表れている。これは自分自身と世界のあり方についての基本的な態度を示す言葉であるだろう。彼の関心事は自然のなかの「場所」にある。「場所」とは人間との広い意味での関わりのなかにある自然のなかの空間だ。スナイダーは、作品に登場する荒野や動植物を語りながら、自然のなかの「場所」に対する親密な感情を描いている。彼にとってこの「場所」との親密で神秘的でさえある関係を教えてくれたのがアメリカ先住民の神話だった。しかし、一九五二年の森林作業中の日記によると、空き缶やごみが散乱する様子を「貪欲と自己中心――土地に対してなんら敬意を払わない」（*EHH* 1）と記し、西洋文明が土地を荒廃させてきたことを強調している。とはいえ、スナイダーは、そのような西洋文明を文化背景として背負っている。しかしこれは、アメリカ先住民のような土地との関係を理想とする彼にとって、自己矛盾ともなりかねない。西洋人でいながら、アメリカ先住民のような土地との関係をもつことは可能なのか。彼のなかで、この隔たりを必然的に結びつけてきたものは何であったのだろうか、これを考察するのが、本章の中心課題である。

幼年期からリードカレッジ時代前半

一九三〇年五月八日にサンフランシスコに生まれたスナイダーは、二歳のときにオレゴン州シアトルに移る。父はシアトルの北で農場を営んでいたが、大恐慌の影響を受けて仕事を失う。その間土地を囲い、牛や鳥を飼い、木を伐採して売りに行くなどして、半ば自給自足の生活をしてしのいでいた、と後に彼は語っている。母は詩を好み、息子にブラウニングやポーの詩を読んでいた。地元の小学校に通い、第二次世界大戦中は中学校に通っていた。やがて父が退役軍人機関で働くことになり、一家はシアトル郊外からポートランドに移り住むことになる。ポートランドで高校時代を過ごしながら、スナイダーは登山やスキーに挑戦し、十五歳のときにセントヘレナ山の登頂に成功している。この登山での感情を表現したいことが詩作の直接の動機となった、と後に彼は語っている。高校時代から学生時代の初め頃においては、ロレンスの作品を読むことが多かった。
一九四七年、彼はポートランドにあるリードカレッジに入学した。ここではスナイダーと思いを同じくし、その後の彼の進むべき道を互いに照らし出しながら、生涯親交をもつことになる友人たちとの出会いがあった。フィリップ・ウェーレン[2]（Philip Whalen）、ルー・ウェルチ[3]（Lew Welch）、チャールズ・レオン[4]（Charles Leong）である。スナイダーと彼らとの出会いは一九五〇年。それ以来、現代詩、とくにパウンド、スティーブンス、イェーツ、エリオットに興味をもち始めるようになる。この年はまた、鈴木大拙の英訳された著作[5]を読み始めた時期でもある。五〇年、スナイダーは、リードカレッジの文学同人誌 *Janus* に次の詩を投稿した。

Her life blew through my body and away
I see it whirling now, across the stony places.

I lost her softly through my fingers,
Between my ribs in gentle gusts she
Sifted free, polishing the small bones.

The mute, thin framework takes the winds
That blow across the stony places.[6]

彼女のいのちは私の体を通りぬけて吹き去っていった
私にはそれが今渦をまいているのが見える、石の転がる場所を

彼女は私の指の間を通りぬけていった。
やさしい突風となって私の肋骨の間を
彼女は通り過ぎた、小さな骨を磨きながら。

押し黙った細い骨組みが風を受ける
それは石が転がっている場所を吹きぬける。

抒情的で、弱強格（iambic）の詩である。この詩は恋人との別れを題材にしている。彼女は「私の体」に入って「小さな骨を磨き」、やがて指の間から砂がこぼれるように通り過ぎていった。そして風が「石が転がっている場所」を吹き過ぎていく。「石が転がっている場所」（the stony places）とは、スナイダーがウォームスプリング[7]の森林で石数見積もり作業を行っていた風景であろう[8]。「彼女のいのち」は、今スナイダーのいる「石が転がっている」作業場に現れた。それは、「渦巻き」、「風」と姿を変え、彼の周りを吹き抜けていく。スナイダーは、森林作業場で感じた「風」に昔の恋人のいのちを感じ、それを詩に表現している。

五一年には、*Janus* 二月号と六月号に詩を投稿している。二月号では、ウェーレンが唐代詩人の李白に傾倒していることに触れる「フィリップ・ウェーレンに名誉職を」が掲載された。[9] スナイダーとウェーレンが互いに漢詩について関心をもち始めていることがわかる。仏教や漢詩への関心を友人と共有しながら、スナイダーは、英訳された『老子』、『楚辞』、ヒンズー教の経典、ウパニシャッド、初期の仏典等を広く読み、初期の仏教と大乗仏教にとくに熱中していたことを後に語っている。[10]

スナイダーの詩についての興味は中学生時代の登山経験に端を発するが、自宅周辺に生活するアメリカ先住民の伝承にかねてから興味があったため、大学では文化人類学を研究対象とした。この時期にその後の人生を決定づける友人達との出会いがあり、彼らとの交流を通して、中国の文学や仏教を吸収しようとした。学生時代はダブルメジャー（二つの専門）、すなわち文化人類学と文学を専攻した。そのなかで、あえて文化人類学を卒業論文のテーマに選んだのは、自分の「場所」に強い関心があったこと、そして自分の「場所」に存在するハイダ族の伝承に興味の中心があったからだ。彼にはハイダ族がもつような自然との関係を理解し共有したいという願望が内在していた。

「ハイダ族の神話における諸相」における問題意識

スナイダーは、五一年に「ハイダ族の神話における諸相」を卒業論文として書き、人類学と文学で学士号を取得した。この論文はハイダ族に伝わるガンの物語を分析したものである。[11] ハイダ族の神話は、彼が幼い頃から関心をもっていたテーマで、「場所」や文学、神話に対する問題意識の原点とも言えるものだ。この論文は、ハイダ族の神話を提示、類型化し、それを神話と文化との関係に焦点化して分析している。このなかで、彼は人間と動物との原始的な関係に注目する。トーテム崇拝という信仰においては、一族は神話時代に生きた祖先からの系譜的連続性を、トーテムポールやその動物を通して確認する。動物と人間がその境界を越え、人間がトーテムとしての動物と交わることが、彼には重要なことであった。結論において次のように述べている。

神話とは、社会の記録として、歴史の普及の所産あるいは世界中に広がったモチーフからなる複合体として、象徴体系に内在する形而上学的、心理学的真実として、あるいは文学として、文化の生命体としての側面として見られている。一つの神話が同時にたくさんの事柄である事実は明らかである。私が引用している知識の多くの領域の各専門家は、他の領域とは意思疎通していない。その理由のために、ある領域の専門家が別の見地から、いとも簡単に論破した論述を見つけることが可能である。（*He Who Hunted Birds in His Father's Village Dimensions of a Haida Myth* 113-114）

スナイダーは、神話の研究が人間と人間の思想の研究に向かうべきだと論じている。彼は「私は文化人類学者ではなく、情報提供者（informant）になりたかった。つまり、本当にあるがままでいることにより、主体になりたいのだ[12]」と語っているが、これはアメリカ先住民と同じようになりたいということである。すなわち文化人類学を研究するのではなく、研究される対象になりたいということだ。つまり、スナイダー自身が文化人類学者としてではなく、詩人として生きていこうとする決意を示しているのである。研究者はアメリカ先住民を客体として認識する。しかし、詩人であればアメリカ先住民と同じように主体として自然との関係を表現することが可能である。詩人として生きること、アメリカ先住民と同じようになることを彼のなかで結びつけていったのは何であるのかを次に考察しよう。

仏教への関心――森林作業の生活を通して

一九五一年夏、卒業論文を書き上げた後、スナイダーはサンフランシスコに移り、インディアナ大学の大学院に進学、文化人類学と言語学を学ぶが、一学期（五二年春）で退学する。後にナザニエル・ターンに対するインタヴューで「文化人類学は人間の本質の理解に関わってきた――だが、なぜ他人に向かうのだ、なぜ自分自身の本質に向かわないのか、だから禅なのだ、と咄嗟に認識した。すべてこれは詩人としてなされるべきだと固く決心したとき、私はバークレーに向かっていた」と文化人類学の研究の中断の理由を語っている。[13] また、「学生の終わり頃に仏教に興味をもち、文化人類学と言語学を学ぼうとしていたインディアナ大学大学院を去ることになった」[14]とも語っている。スナイダーは人間の本質を見極めるために、仏教を学ぼうとした。つまり、神話研究はあくまで学問、客観的理解を出るものではなく、仏教は直接の知恵自体を得るものなのである。この知恵とは、アメリカ先住民がもっているような自然との親密な関係に相当するものだ。そして、スナイダーはサンフランシスコに戻り、フィリップ・ウェーレンとノースビーチのグリーン通りで共同生活を始める。この時期から日本出発まで、渡り鳥のように、夏は森林の見張り番や道路工事、伐採などの仕事に従事し、仕事の期間が終わるとサンフランシスコに戻り大学に通うという生活を繰り返していた（*TRW* 92）。アメリカ先住民居留地での樹木の石数見積もりの仕事の様子は、「見張り番日記」として後に『地球の家を保つには』に収められている。「見張り番日記」の第一部はクレーターマウンテンで書かれ、五二年の六月二十二日から始まる。そこでは自然を破壊する人間の欲望について触れている。例えば二十八日には、空き缶などが散乱する場所を見て「二十八年前には釣りをするのに良い場所が見つけられたものだ」（*EHH* 1）と書き、商業的な伐採や開発が自然を荒廃させ、自己破滅的な行為を繰り返していると嘆く。七月九日には、「六祖壇経」を読み、中国語の勉強をするとも書いている（*EHH* 2）。八月六日には、「クレーターマウンテン」とは書かずに、「クレーター山」などと記載し、禅や日本に対する関心が顕著になっている。

two butterflies
a chilly clump of mountain
flowers.
zazen non-life. An art: mountain-watching.（*EHH* 7）

二匹の蝶々
寒々しい山の花々の

群生。

坐禅　無・生命。　ある芸術――山が見ること。

スナイダーが初めて「俳句」を意識して書いた短詩である。彼の俳句を考察する前に、英語の俳句の伝統について述べておこう。エズラ・パウンドは、「地下鉄の駅にて」で、具体的なイメージを重ねる方法を重置法（super position）と名づけて実践した。俳句が二行の詩に訳され、重置法という詩の方法を生み、前衛的な詩に変化した。俳句が三行に訳される場合もあるが、これについては、ドナルド・キーンが「古池や蛙飛びこむ水のおと」が、"The ancient pond: / A frog leaps in / The sound of water." と訳された場合に、「永遠」、「瞬間」、「交点」になるという構造を分析している。禅的な解釈としては、鈴木大拙によれば、「古池」が、「時間なき時間」を意味し、そこに蛙が飛び込むことによって芭蕉が「無意識」（つまり悟り）を洞徹したと禅の立場で論じている。[15] 以上の三者を踏まえて、スナイダーの俳句を考えてみたい。彼自身がこの俳句の前文で書いているように、これは「自然なものに反映された自然的な、美しさ」を歌ったものである。最初の句では木立に咲く花と庭の蝶のイメージを重ねた「重置法」を意識している。次の句ではスナイダーの作品のなかで、初めてとなる「坐禅」の言葉が使われている。この句は、イメージを重ねて配置する俳句の手法から、スナイダーの観念の配置へと置き換えたものであろう。「坐禅」とは、「無・生命」、無自性にいたる修行であり、それは芸術の主体となる体験でもある。また、「人が山を見る」のではなく、「山が見る」という見性（悟り）を得るものである。八月十日の日記では、禅画を書き、そこに俳句を書く練習をしている。八月十五日には、このときの一番の関心事であった無自性、空に到ることについて次のように記されている。

Almost had it last night: *no identity*. One thinks, "I emerged from some general, non-differentiated thing, I return to it." One has in reality never left it; there is no return.

　　my language fades. Images of erosion.

"That which includes all change never changes; without change time is meaningless; without time, space is destroyed. Thus we arrive at the void."（*EHH* 10）

昨晩はほとんどそこまでいった。無自性。思うのは、「自分は何か一般的で区別のないものから出て、それに戻っていく」現実にはそれを離れたこともないし、戻ることもない。

　　言葉がかすれていく。　侵食のイメージ。

「すべての変化を含むものは決して変化しない。変化なしで時間は無意味だ、時間がなければ空間は破壊される。このようにして空に到達する。」

これはスナイダーが自分の意識の変化を克明に記録しようとしたものである。「言葉がかすれていく。　侵食のイメージ」という言葉に、無自性に到ろうとする意識の過程が描かれているように思われる。なお、彼はその後、九月十三日にサンフランシスコのモンゴメリー通りに戻っている。
一九五三年六月十日にルース・佐々木からスナイダーは手紙を受け取っている。そのなかで「日本で禅の修行をすることは困難ではない。意志さえあればやり遂げられる」という励ましが書かれている。[16] 彼女はその後もスナイダーが日本で禅を学びたいという希望を支え、老師の説法に誘い、あるときは奨学金の相談にのっている。日本は経済的、精神的に混乱状態にあり、日本の禅堂では、英語を話せる禅僧が希少で、日本で奨学金を得ることは困難であることなど事細かにスナイダーに伝えている。[17] これは、彼女が当時大徳寺内の龍泉庵で、仏教文献の英訳プロジェクトを進めており、スナイダーにも加わってほしいという意向があったためである。[18]
「見張り番日記」の第二部「サワーダウ編」の自筆日記原稿の日付は五三年六月二十七日から始まり、最初のページは日本語の練習となっている。[19] 仏教の用語についても触れていて、「空／真如／（中略）は同じ意味だろうか。それであるなら、satori や nirvana とはどういう関係があるのだろう[20]」と記載されている。このことから彼の仏教に対する知識が初期段階であることがわかる。日本での禅の修行の準備として、森林作業の仕事の合間に日本語の学習をし、仏教の本を読む生活を続けている。例えば、「クレーター山を歩き続け、頂上に上がって見渡していると、おかしな気になる。山にはカレンダーがない。漂う光にカオスを感じる。巨大な事々無礙である[21]」と書いている。サワーダウの作業中でも、スナイダーの関心は、無我、空、事々無礙とは何であるかなど、仏教の知識の追求にあった。
一九五三年の夏に書いた「八月サワーダウ山の見張り[22]」（Mid-August at Sourdough Mountain

Lookout）を次に取り上げる。

Down valley a smoke haze
Three days heat, after five days rain
Pitch glows on the fir-cones
Across rocks and meadows
Swarms of new flies.

I cannot remember things I once read
A few friends, but they are in cities.
Drinking cold snow-water from a tin cup
Looking down for miles
Through high still air.（*RC 3*）

谷間は靄で煙る
五日間の雨のあと、熱さが三日続いて
モミの実がやにで輝く
岩と草原に

生まれたての蝿の大群。

僕はもう思い出せない　昔何を読んでいたのか
わずかな友達がいるが、彼らは都会に住んでいる。
錫のカップで冷たい雪解け水を飲み
静かな山の空気を通して
何マイルも続く向こうを眺める。

ネイザン・マオは、この詩が悟り体験を記録した詩であると論及している。夏の暑さのなか、詩人の意識は朦朧としているが、「錫のカップで冷たい雪解け水を飲」むと、悟りを得て、視界が鮮明に開けてくるという。[23] ネイザン・マオが、スナイダーの禅体験を問題にしていることとは対照的に、ウァイ・リム・イップ[24]はスナイダーの自然の認知の仕方を問題としている。イップは七二年、スナイダーに、なぜ中国の山水の詩にそれほど興味があるのかと尋ね、スナイダーは「私は太平洋の北西部の森で育った。十歳のときに両親がシアトルの中国の山水画の展覧会に連れていった。私は中国の山水画が、私が認知していた山や川と同じだったからすぐに気に入った。つまり中国の山水画は私が見たものと同じような真実を描いていたからだ」と答えた。イップはこれを引用して、「スナイダーが日々接している自然は、寓意や象徴世界というよりは真実で活きている石の世界だ。彼が実際に体験している自然と中国山水画がもつ自然の認知の仕方が共鳴し、彼自身のライフスタイルや芸術のスタイルの根幹に影響を与えている」と論じている。また、「山水画では、もともとの知覚を再生し、そのものが本来もつ機能に戻すという禅の芸術が反映されている」ことを指摘している。イップは、禅が直観を重視することにも触れ、スナイダーの自然の認知の仕方が山水画や禅に通じるものであり、上記の引用の詩もこれらの視点に帰することを指摘している。筆者も、この詩が坐禅の経験をもとにした作品であると考えるが、マオのように、冷たい水で意識の転換があり、悟りの状態に達した、とは必ずしも言えないように思う。また筆者は、スナイダーの詩が山水画に類似する傾向をもっているというイップの指摘には同意する。彼の詩は、カリフォルニアのカスケード山脈、シエラネヴァダ山地、ヨセミテ国立公園の険しい山々の土地が舞台となり、彼が直接見た岩、ポンデローサ松、スギ、生き物などが登場する。その描かれ方は、第一スタンザのように、描写のみで、主語となる「私(I)」がない。このことから判断すれば、彼自身の感覚は排除あるいは著しく除外されており、その代わりに対象物それ自体のありようを伝えることに徹している。第二スタンザで「私(I)」があるが、その「私」は「何を読んでいたのか思い出せない」状態にある。これは、知識を断った「言語道断」の境地を説明するものだろうし、感覚が抑制されている証拠となっている。

一九五三年秋からカリフォルニア大学バークレー校東アジア言語研究科に入学し、中国語と日本語を学ぶことになる。しかし、一方で世界中どこでも仕事があるようにと歯学部にも通っている。これは、森林作業を繰り返していたように、スナイダーが生活の問題に常に直面していたことと無縁ではない。次に「遠く会えない友に」(For a Far out Friend)を引用しよう。

Visions of your body
Kept me high for weeks, I even had
　　a sort of trance for you
A day in a dentist's chair.
I found you again, gone stone,
In Zimmer's book of Indian Art:（*RC* 13）

君の肉体の幻影が
数週間も僕を高ぶらせた、
　　君を求めてトランスの状態になる
ある日歯医者の椅子で。
あなたをまた見つけたが、石となっていた、
ジマーのインディアンの芸術の本のなかに

スナイダーは、この女性のことを「ヒンズーのデヴァの少女」と言い、かなわぬ恋の女性像を女神と結びつけようとしている。神話と女性像を結びつける傾向がこの時期から始まっている。次に引用する詩「ロビン」（Robin）は、五四年七月十六日、オレゴンでの森林作業中に書かれたものだ。

I always miss you—
last fall, back from the mountains
you'd left San Francisco
now I'm going north again
　　as you go south.（*BC* 75）

君がいなくていつも淋しい
この前の秋、山から戻ると
君はサンフランシスコを出たという
今僕はまた北に行く、
　　君は南に行くときに。

「ロビン」という名で登場するこの女性は、一九五一年に最初に結婚したアリソン・ガスである。この詩を書いたときにはすでに離婚していた。仕事を求めてオレゴンからカリフォルニアの奥地まで行き、昼は森林作業、夜は日本語や中国語の学習や禅についての書物を読んでいた。スナイダーは日本での禅の修行に期待をもちながらも、過去に対する後悔や寂寞感に満ち、それを忘れ去ることができない。しかし、この傾向は日本滞在期にさらに顕著になるため、第二章において考察することとする。

仏教を学び、詩人として生きる決意をもつ一方で、この時期の日記には「誰がアメリカを駄目にした?」などの記載もあり[25]、キリスト教、あるいは資本主義などの大きな勢力への不信を顕わにしている。この思いは『神話と本文』の「伐採」セクションに描いていくことになる。

最初の詩集『神話と本文』

一九五三年、スナイダーは、ベーカー山、サワーダウ山で山林監視員の仕事に従事しながら、『神話と本文』を書き始め、五六年、日本出発前に書き上げている。これはリードカレッジ卒業から日本出発の前までのカリフォルニア大学バークレー校で中国語と日本語を学んでいた時期と重なるため、日本語や中国語の引用が見られる。世阿弥、謡曲『高砂』、明代の画家八大山人等が折りこまれている作品だ。当時トーテム出版社を経営していたリロイ・ジョーンズ[26](Le Roi Jones)を介して、六〇年になって出版され、実際には後に書いた『リップラップ』の方が先に出版されている。

『神話と本文』は、彼の関心がアメリカ先住民の神話から仏教へと傾いていく過渡的な段階に書かれた、最初の詩集で、今後の詩人としての立場を決定づける問題意識が次々に出てきている。

第一セクションは「伐採」(Logging)。『神話と本文』の舞台はスナイダーの「場所」、カリフォルニアの自然である。当時、彼は住宅用として使用されていた材木の伐採に従事していて、ポンデローサ松の老成林の伐採経験をもとにして書いている[27]。世阿弥の謡曲『高砂』のなかの松、アメリカ先住民の伝説の木であるロッジポール松、ギリシャ神話の松が伐採されていく様子を描いており、彼は「仏陀、世阿弥、アメリカ先住民の熊」は文化的な遺産であると述べているから、それらは精神性を象徴するものと言えるだろう。アメリカ先住民に関して言えば、風景を形成するのはすべて神聖なものであり、ポンデローサ松はクマや野生動物の生息地を形成する。したがって、木々の伐採は、単に森林の破壊という環境的な要因だけでなく、その土地の文化がもつ精神性の破壊という要因につながっていくことを象徴している[28]。

What bothers me is all those stumps:
What did they do with the wood?
Them Xtians out to save souls and grab land（*MT* 12）

私を悩ませるのは伐採された切株
かれらは木で何をしてくれたというのか。
やつらキリスト教徒は魂を救うつもりで、土地を奪う

スナイダーは、キリスト教がもつ破壊的な政治力は、魂を救うと称して森の生命の危機を招いていると批判している。これは、「資本主義に限ったことでなく、西洋文明全体がもつ、自己破壊的

な傾向だ」（*TRW* 94）と語っていたことに重なる。商業主義が潜在的にもつ破壊力は、人間および全生命の魂と、人間と全生命の営みの中心である土地との結びつきを破壊することになる。

Pine sleeps, cedar splits straight
Flowers crack the pavement.
　　Pa-ta Shan-jen
(A painter who watched Ming fall)
　　lived in a tree:
"The brush
May paint the mountains and streams
Though the territory is lost."（*MT* 16）

松は眠る、スギはまっすぐに割れる
花は敷石を割って咲く
　（明の滅亡を見た画家）
　　八大山人は
　　木のなかに住んだ。
「絵筆は

「領土がなくなっても
山河を描きつづけるだろう(29)」

八大山人（一六二六‐一七〇五）は明末に生まれ、戦乱を避けて山中に隠れ、出家した画家である。スナイダーは、森林を奪われたアメリカ先住民と八大山人を重ねようとしている。明が滅亡し、八大山人は自分の国を失った。しかし、絵筆は山河を描き、そこにはその土地の精神が生き続けている。国は破れても山河があり、自分はその山河を描く詩人になる、と。

このようにして、「伐採」セクションでは、伐採を森林の破壊のメタファーとして機能させているだけでなく、アメリカ先住民の生活あるいは彼らの精神が危機にさらされていることをも提示しようとしている。彼にとっては、自らが破壊を行う西洋人であり、西洋的文化背景をもっていることは逃れることのできない事実である。

また、このセクションでは、自然と人間、自然と動物の不条理な「別れ」を描いている。しかし、八大山人が示しているように、土地の精神は絶えることはなく、生き続けていくことを照らし出そうとしている。

第二セクション「狩」（Hunting）は、生存や種の維持を成り立たせるための「狩」のさまざまなありようが描かれており、スナイダーは森林破壊に直面して、自然と人間が対等に互いを尊重していた狩での関係や動物との婚姻（と超自然的な結婚）のもつ意味を問い直そうとしている。

このセクションの概要を確認すると、五番目の詩は動物の角でスプーンを作る話、六番目はハイダ族に伝わる少女がクマと結婚した話、七番目はウサギが蛇に食べられてしまう話、八番目は鹿狩で人間が鹿を殺したことを悔やむ話、九番目は人間が鯨や犬と結婚する異類婚の話、十一番目ではハイダ族で超自然的な存在といわれるシダ女が登場する。十三番目では食料の名前を列挙している。十四番目では、仏陀（善財童子）がトラに自分の体を与えたという逸話から、生贄になることと命の交換の意義を問う。食べる者にとって物は食べるための獲物であるという食物連鎖の関係が表れている。最終の十六番目で、人間と野獣が交わりを結んだ後に仏性を得るというイニシエーションの場面が描かれ、このセクションは終わる。ここでは、「白鳥女房」が挿入されている他、人間と動物、異なる動物間の交わりや「食べる・食べられる」という生命の循環というテーマが多いことが特徴的である。

八番目の詩「シカの歌」を取り上げて「狩」について確認する。語り手は、深夜密猟をしようと、車に乗りライトを照らし獲物を待ち伏せしていた。するとむこうにのろのろとして目が見えないようなシカがいた。語り手はシカを撃ち、素手で熱いはらわたを出してから車のトランクに積み込む。

Deer don't want to die for me.
I'll drink sea-water
Sleep on beach pebbles in the rain
Until the deer come down to die

in pity for my pain.（*MT* 28）

シカは僕のために死のうとはしない。
　僕は海水を飲む
雨の中海岸の小石の上で眠る
僕の苦しみをかわいそうに思って
　シカが死にに来るまで。

「シカは僕のために死のうとはしない。」（Deer don't want to die for me.）はハイダ族に伝わる狩の歌であるとスナイダーは語っている。[30]「僕の苦しみをかわいそうに思って」とは、シカが人間の苦しみをわかって、本当に人間にとって必要ならば「死にに来」てくれるという意味である。ここには、人間と動物との昔からの関係、つまり、人間は動物を搾取するという一方的な関係だけでなく、鹿が人間に「慈悲」を示すという相互間の感情の交流がある。この作品が書かれてから五十年以上の歳月を経た現在、スナイダーが取り上げた動物と人間の交流は驚くべきほどの先見性をもちえていることに気づく。例えば二十一世紀のダナ・ハラウェイの、動物と人間との関係「確かな他者性」に関わる倫理的関係を予見させる。さらに、カリ・ウェイルの動物研究は、「批判的共感」、つまり人間から動物への哀れみについて考察されているが、それは人間が動物の優位な関係の上に存在し、人間中心主義を批判できない心性、つまり「批判的人間中心主義」に由るものだと指摘する。

また、アメリカの魔術師・文化人類学者のデイヴィッド・エイブラムは、人間が環境に関与し互いに感じ合うことを「相互性」（reciprocity）と定義している。スナイダーの動物との関係においては、人間からの哀れみではなく動物からの哀れみを人間が動物に参与することで感じることができる「共感的、慈悲的、性的な行為の古代の網の目に迫る」（二六二頁参照）感覚である。その鹿とのやり取りは、文化人類学的な関心とともに、人間中心主義を否定しながら、動物との交流、命のやりとりを深く描き出している。スナイダーは、「動物との性交」[31]（Making Love with Animals）で次のように説明する。

To hunt means to use your body and senses to the fullest: to strain your consciousness to feel what the deer are thinking today, this moment; to sit still and let your self go into the birds and wind while waiting by a game trail. Hunting magic is designed to bring the game to you—the creature who has heard your song, witnessed your sincerity, and out of compassion comes within your range. Hunting magic is not only aimed at bringing beasts to their death, but to assist in their birth—（*EHH* 120）

狩るということは、あなたの体と感覚を最大限に使うことだ――あなたの意識を緊張させ、シカが今日、この瞬間、考えていることを感じることだ。じっとすわって、あなたの自己を鳥や風のなかに入りこませ、獲物の道のそばで待っていることだ。狩猟呪術は獲物をあなたのところにつれてくるために考え出された——あなたの歌をきいた生き物が、あなたの誠意を認め、慈悲の心からあなたの手の届くところへ出てくる。狩猟呪術は動物を殺すためだけではなく、それらがつがったり、出産を促す目的もあったのだ。

狩の歌には動物の方の「慈悲の心」が存在している。スナイダーは、「狩」という動物の命を奪う争いのなかに「慈悲の心」を捉えたかったのである。このセクションの最終は次のようになっている。

Meaning: compassion
Agents: man and beast, beasts
Got the buddha-nature（*MT* 34）

意義：慈悲
参加者：人と野獣、野獣は
仏性を得る

これは人間と野獣の命の交換の場面だ。狩における命の交換には「慈悲の心」があることを描いている。この「慈悲」という言葉の使用は、日本語と中国語の学習を背景とする。筆者は、スナイダーが神話研究の結果、神話上ではなしえないことを自分の神話を創りあげることによって解決しようとしていると考える。つまり、動物の「慈悲」は民俗学のなかには出てこず、仏教によってしか見出されない。「慈悲の心」は創作のなかでこそ描くことが可能であった[32]。

つまりスナイダーにとって「狩」は、民俗学的な関心から始まったが、そこに存在する仏教の慈悲の精神が見出される場となっているのである。

彼の学生時代のアメリカ先住民の民話研究では、動物と人間がトーテムによって結びつくということが明らかにされた。さらにこの詩においては、動物が自らを殺す人間に対して自分の命を差し出すという慈悲の心が見出される。それは、仏教を知ることによって初めて得られた認識だ[33]。

スナイダーは、民俗学的神話研究において、アメリカ先住民の精神修行が、それぞれの部族のやり方に従わなくてはならない点において、「コスモポリタンではない」と感じていた。ここにスナイダーが場所との親密な関係をもつ上で問題が生じる。彼にとって必要なのは、個別の場所との結びつきに立つわけにはいかなかった。彼はアメリカ先住民のように個別であってしかも普遍的な場所や自然との結びつきだった。それが「コスモポリタン」でなければならない理由だ。そのような個別的かつ普遍的な自然との関係を与えてくれるものとして、仏教が現れたのである（*TRW* 94-95）。

『神話と本文』について、チャールズ・アルティエリは、「人間と環境とのバランスの状態と象徴的な相互関係を結びつけようとする意識が具体化した抒情的な文体[34]」とし、ステューディングは、「人間の破壊的な傾向に直面して自然のプロセスを主張していて、スナイダーの関心は癒しと回復にある」と記しており[35]、この詩集は「終わりが感じられない」とも述べている。その指摘には同意するが、スナイダーの関心が必ずしも「癒しと回復」に向かっているとは言えない。『神話と本文』は、日本滞在前までの問題意識、つまり神話研究と、詩あるいは詩人としての使命をどう結びつけていくかを追究した詩集である。全体的には創作神話の形式だが、問題意識の中心は、人間の自然に対する傲慢な姿勢を批判するもので、そこには商業主義やキリスト教のもつ問題が含まれている。

ビート・ムーブメントと「心の分岐点」

一九五五年、サンフランシスコに住むスナイダーのところに、詩人のアレン・ギンズバーグ[36]（Allen Ginsberg）が訪ねてくる。ギンズバーグはサンフランシスコで詩の朗読会を行いたいがふさわしい人物は誰かとケネス・レクスロスに尋ね、結果的にレクスロスはスナイダーを紹介した。ギンズバーグとスナイダーは、仏教や森林作業と詩について長く語りあっている。ギンズバーグを介して、ジャック・ケルアック（Jack Kerouac）と出会うことにもなり、ケルアックは仏教に関心をもち始めていたため、互いに影響しあうことになる。[37]

スナイダーは、シックスギャラリーでの詩の朗読会で、後に『奥の国』（*The Back Country*, 1968）の冒頭に収められる「ベリー祭り」（Berry Feast）を朗読した。[38] これは彼が森林作業の仕事に従事していた経験をもとに書いた詩で、当初は『神話と本文』に収めるはずだった。この祭りはウォームスプリングスのアメリカ先住民居留地で八月半ばに一週間行われる祭りだと付記されている。マイケル・マクルーア[39]（Michael McClure）は、ビート詩人たちの多くが自然を歌っているなかで、スナイダーが自然の風景のなかにラディカルな立場を取っていることを記している。[40] パトリック・マーフィーは、さまざまな境界を変幻自在に行ったり来たりする、トリックスターとしてのコヨーテのスタンスが、寒山やビート詩人たちに類似するものがあり、それがスナイダー自身の化身であることを論じている。[41] 詩は四部構成になっていて、コヨーテの語りが半鉤カッコ（「）で表記されている。スナイダーはクマの語りにおいてもこの手法を用いていて、人間と動物の中間的な語りであることを示している。舞台は極西部の自然で、そのなかでの動物と自然の営みを描いている。彼にとって都市は「死の町」であり、そこで茂っているのは「ハックルベリー」である。それは「鳥によって空中に撒き散らされ」、クマに食べられ至るところに広がっている。一方ウィルダネスに茂る「ハックルベリー」の群生は自分自身を含むビートの文学運動の広がりを想起させるものだ。

五五年の秋からスナイダーは寒山の英訳を始めている。また、ケルアックとスナイダーは登山に出かけ、この年の出来事はケルアックの『達磨行者たち』（*The Dharma Bums*, 1958）で小説化され、山に登って世俗を去り、坐禅をして自分自身を発見する過程が描かれている。ジェッフィー（スナイダー）は、当時英訳中だった寒山詩をレイ・スミス（ケルアック）に朗読し、レイ・スミスは、ジェッフィーを寒山と同一視するようになる。『達磨行者たち』によって、寒山がアメリカに知られるようになるが、これは六〇年代のビート文学運動とサンフランシスコで花開いた禅仏教の普及に後押しされ、寒山の六〇年代版と言える「ビート版寒山」が形成される一助となる。

スナイダーは、寒山詩三百十四首のなかから二十四首を選び、独自の配列をしている。全体のテーマは四部構成。第一部は、寒山に入ってゆき、精神的な居を構え、第二部で、禅の修行を始め、

第三部で、寒山の自然を通して人間を見ようとし、第四部で、詩人としての自己を確立しようとする姿が描かれている。自然の厳しさ美しさを詠う詩が多く選ばれ、スナイダーは、世俗を離れ、荒々しい自然のなかにひたすら自分と向きあって進むべき道を探し、かつ世人を戒め正しい生き方を諭そうとする寒山像を作り上げている。このような寒山像はスナイダー自身の問題意識を体現したもので、都市を離れ、山のなかで自分が進むべき道は何であるのか、自分がいかに生きるべきなのかを模索するスナイダー像が浮かび上がってくる。

第二詩集『リップラップと寒山詩』（*Riprap & Cold Mountain Poems,* 1958）の作品は、森林作業での風景や心情を詠ったものと、最初の日本滞在を描いた二つに分けられる。前者は、スナイダーの自然体験と、禅仏教や漢詩の影響が融合された作品である。「パイユート・クリーク」「薄氷」「八月半ば　サワーダウ山の眺め」「リップラップ」は、カリフォルニアの自然を観察し土地の歴史を語りつつ、人間と自然物との関係を前景化した作品であり、初期の代表作となっている。時代との関係で言えば、これらの作品はアメリカの既存の文化に対抗して新しい価値観を追究したビート・ジェネレーションを代表する作品と言っても過言ではない。

英詩における俳句の技法は、モダニストたちからスナイダーが受け継いだ伝統である。彼はリードカレッジ時代にエズラ・パウンドの『キャセイ』、ケネス・レクスロスの俳句を読んでいたことが知られている。モダニストたちとの違いは、スナイダーが俳句形式の借用に留まらなかった点にある。俳句は、アメリカでは侘（ワビ）や寂（サビ）という日本の禅の文化を背景にしていると考えられていた。スナイダーは、鈴木大拙のそのような考えを知り、禅の修行を通して俳句の精神を理解しようとしていた。

Lay down these words
Before your mind like rocks.
　　placed solid, by hands
In choice of place, set
Before the body of the mind
　　in space and time:（*RC* 32）

これらの言葉を
あなたの精神の前に　リップラップを敷くように　置け
ぎっしりと　隙間なく　手で
好きな場所を選んで
置け、
時空のなかに
精神のからだの前に。

「リップラップ」では、言葉つまり精神と、リップラップつまり事物が、人間のこころと世界という隔たりを越えて等しい関係になっている。さらに時や空間の制約を超えた世界と心の宿るからだとの隔たりもなくなっている。禅においては、無我の境地に到って自他の区別を超越し、自己と世界が一体となることが修行の中心となる。[43]『神話と本文』と比較すると、この詩では仏教の用語が直接用いられず、禅の世界を目の前の事物で表現しようとしている点において、象徴の形成のされ方に変化がある。

In the thin loam, each rock a word
    a creek-washed stone
Granite: ingrained
    with torment of fire and weight
Crystal and sediment linked hot
    all change, in thoughts,
As well as things.（*RC* 32）

浅いローム層の土のなかでは　一つ一つの岩が言葉
　　クリークの水に洗われた石は
花崗岩　火と重みの苦しみが染み込み
水晶と堆積物が熱で結合して

すべては変わる、思考のなかでも
事物同様に。

この詩では石や花崗岩の生成を観察し、それらの時間を語ろうとしている。地層が語りかけることと人間の言葉には等しい関係があり、人間中心的な関係性は存在していない。人間の言葉が文化を形成するように、石や花崗岩は自然の歴史を刻み自然の営みをその姿で語る。トーマス・パーキンソンは、この詩のねらいは単に自然と人間の内面の調和ではないとして、人間と自然との関係は寓意的なものではなく類似した関係にあり、木や石と同じ状態であろうとする心のあり方を確立している点を指摘している。[43] パーキンソンの論考は、人間と非人間の関係についての生態中心の指摘であり、スナイダーのネイチャー・ライターとしての位置を先駆的に捉えている点において価値を見出すことができる。しかし、パーキンソンの指摘する「類似した関係」には、禅によって自分が

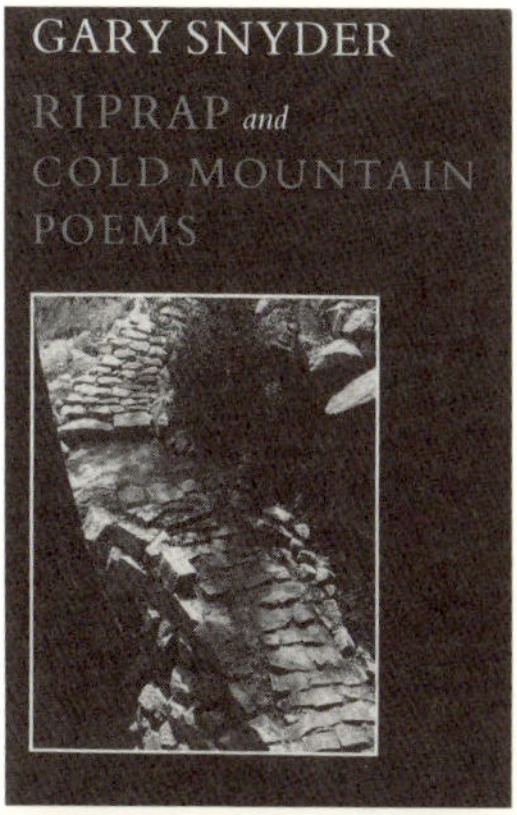

木や石となる直接体験の知恵、と補足することがより適切であろう。『神話と本文』と同時期に書かれた詩集『リップラップと寒山詩』においては、スナイダーは自分の分岐点を認識し始めている。

一九五六年二月、詩「ヌークサック渓谷」に「心の分岐点」という言葉が現れてくるが、[44]これはスナイダーが日本に向かう、禅を学びながら詩人として生きる決意とも言える。彼は五五年の終わり頃からケルアックとサンフランシスコのタマルパイス山近くのミル・バレーで共同生活を始めている。そのなかで鳥への関心を記し、同年四月に「鳥たちの渡り」(*RC* 19)を書いている。『神話と本文』での鳥の描き方と比較すると、神話的な要素がなくなっている。ミヤマシトド、ムナグロ、キョクアジサシは旅鳥、ユキヒメドリは冬鳥、コマツグミは夏鳥と渡りを象徴する対象として存在するだけであって、トーテムとして人間と動物の一体を象徴する鳥ではない。作中ではケルアックが『金剛経』を読んでいる一方で、スナイダーが「鳥たちの渡り」を読んでいる。この二人の行為の対比によって〝abstraction〟(放心状態)という詩句が複合的な意味をもってくる。ケルアックにとっては経典の難しさ、スナイダーにとっては、夏鳥がいなくなった寂寞感に加え、これまでの渡り鳥のような生活と今後日本へ仏教の修行をすることへの感慨が込められている。そして鳥たちが出産を迎えて巣を作ろうとしていることと、海鳥たちが海を渡っていくことに自分の姿を重ね、自分のアメリカでの一つのサイクルの終わりを実感している。

詩作の出発点

このようにスナイダーの二十代前半は、アメリカ先住民のように自然と親密に暮らしていくにはどうしたらよいか、「自分自身はどう生きればよいか」と模索していた。そのなかで一貫しているのは、アメリカ極西部の自然を題材としながら心の拠り所を模索している点である。彼は神話研究を通して、人間性を深く理解する必要性があり、そのための指針が必要であると感じた。そこで一つの指針となったのが仏教である。生活のために森林作業を転々とするなかで、商業的な伐採が自然の荒廃、ひいては自然の破滅につながるという危機感を痛切に感じる。これは、スナイダーにとって、自然を征服しようとし、ひいては自己破滅的な性質をもつ西洋文明、キリスト教への批判、決別へとつながっている。このような人間のもつ自己中心的な性質を打破するため、人間の本質を究明するために、禅がそれらを結びつけていくものと認識した。仏教の「慈悲の心」は、文化人類学では成しえないものだ。これは、詩人として生き、表現する決意へと結びついていくものであった。

リードカレッジ時代、それまでは西洋の伝統に沿った抒情詩を書いていたが、仏教に出会ってから、漢詩や中国の風景画に近い、簡素な言葉、自然そのものをあるがままに描こうとする手法を多用するようになる。この時期の詩には、禅の世界を描こうと挑戦する特徴がある。

アメリカ先住民の神話を扱った卒業論文や『神話と本文』を通して、スナイダーは西洋文明にはない人間と自然との連続性を認識することになった。しかし、現実世界においては、人間の欲望によって自然が破壊されていることに直面する。そして、自らも西洋人であり、西洋的な文化背景をもち、英語を使う人間である。したがって、アメリカ先住民と同じように考え、場所ひいては自然と同じような関係を結ぶことはできないと認識を深めた。彼は、民俗学、文化人類学のようにアメリカ先住民を他者として客観的対象として見る者になるのではなく、「情報提供者」(informant)になろうとした。それは詩人となる、ということである。西洋人であり、アメリカ先住民になれない自分を、場所(土地)、自然と結びつけてくれるものとして出現したのが仏教だった。仏教は西洋の哲学とは異なり、単なる理論ではなく、修行によってその理論を体現し、実践することが求められる。場所・自然・実在・真如の体験と仏理との一致が求められる。この一致の体験から、詩人としての声がもたらされるのだ。

『神話と本文』と同時期に書かれた『リップラップと寒山詩』は、禅の世界を目の前の事物で表現しようしている点で、手法において進歩がある。彼は詩「リップラップ」において、心が木や石と同じ状態であろうとする心のあり方を確立した。これは、アメリカ先住民の研究で学んだ人間と動植物との対等で神話的な関係が反映されていると同時に、仏教の「慈悲」に支えられている。スナイダーは自己の「心の分岐点」を認識し、仏教を学ぶことによって、詩人として生きることを使命と感じたのである。

日本滞在前に、スナイダーは、土地の詩人として生きていくことを決意したが、仏教がこの決意に必然的な結びつきをもたらしたと言えるだろう。

第二章　日本、禅、心の奥の国

詩人の背景——日本滞在の期待と迷い

スナイダーの二十代前半の問題意識は、アメリカ先住民とその神話、あるいは自然・動物と人間が親密に対等に暮らしていくために、自分は詩人として何を指針に生きていけばよいかであった。先述の通りこの問題を解決する筋道を与えたのが仏教である。スナイダーは現実の諸問題を解決していくために、仏教を深く学ぶことを望み、数年を準備に費やした後、とうとう奨学金を得て日本へ向かう。

第二章の大きなねらいは、日本における禅の修行がスナイダーの詩人としての成長にどのような変化をもたらしたのかを考察することにある。詩人としての変化は生活の変化に伴うものがあることは言うまでもなく、そのために日本滞在記録、自筆日記をもとに心境の変化を跡づける必要がある。とくに、先行研究で捉えられてこなかった、スナイダーの精神の深層と実際の女性関係が契機となって思想および詩がどのように発展していったかに焦点をあわせる。

一九五六年五月七日、スナイダーは、アメリカ第一禅協会から奨学金を得て、貨物船有田丸で神戸を経て京都に到着。京都の相国寺で三浦一舟老師のもと禅の修行と研究を始めている。「第一回目の日本滞在日記」は、貨物船に乗った五六年五月七日から始まり、北太平洋の赤い軟泥を見て、「塩 - 珪藻類 - カシアシ類 - ニシン - 猟師 - われわれ。食べる」（*EHH* 31）という食物連鎖を想起する。五月十六日には、「この食物連鎖のなかでわたしはどこにいるのだろうか」（*EHH* 321）と自分に問いかけており、自分の存在を生態学という科学的な見地で認識しようとするスナイダーの特徴が表れ始めている（山里勝己 211）。また、同じ日に「詩は人に近づく方法を与える——おそれと自制と社会生活の陣営を取り除くことで。中国詩もその通りだ。自然詩もそうだ」（*EHH* 32）と書いている。これは、スナイダーが詩を通して何を追究するかを表明したものである。政治的に抑圧する為政者、反対にそれを恐れ、表現を自制する人民がいる。しかし、それぞれの立場を越え、人間の心の本質に何が存在するのかを表現していくこと、これこそ彼が詩に託すものだと言えるだろう。続く同日の日記では、ロレンスを読み、「愛は不可解な人間の精神の一過程だ。（中略）この過程は完成にむかってはたらくべきもの、（中略）愛の過程の完成とは、男女が純粋な、本来の自分に達すること。それだけだ」（*EHH* 32）と男女の愛について見解を述べている。しかし、六月七日の日記では、「禅、華厳、タントラの背後に隠されたそれらを結ぶ真実を見始めている」、それが「愛の関係を与えることは個人的なおそれの防御と利己的攻撃の菩薩的な解放」（*EHH* 34）であると記している。この一文からは、彼が愛と禅における「慈悲」を混同していることがうかがえる。また、「菩薩的な解放」という言葉は禅の言葉には相当するものがなく、仏教において愛に相当するものを混同している。これまで愛と感じてきた心情と、禅とがこころの奥深くでどのように関わるのかを模索しているのだ。

スナイダーにとって、最初の日本の印象は、サンフランシスコで思い描いていた仏教の国とは異なるものであった。五月二十三日の日記によれば、「この世の中心（禅を指して）は静かにサンフランシスコに移りつつあり、そこでももっと生き生きしている。ここの日本人は取り残され、それを見ても認めようとはしないだろう」（*EHH* 33）と書いている。彼の精神的な落ち込みは、当時の友人たちからの書簡にもその様子がうかがえる。フィリップ・ウェーレンの書簡では、励ましと驚きが入り乱れている。

I think your common problem is that you have not consciously chosen among these views or that you have forgotten about the implications of such choice. Something like that. You gave me the impression that if you are going to really work at Zen you do not expect to be practicing the finger points of bullfighting at the same time.(1)

君の問題は意識的にこれらの見方を選んでこなかったことか、これらの選択が意味することを忘れてしまったことだ。そのようなものだと思う。僕の印象では、もしも君が本当に禅にうちこもうとしているなら、いがみあいを指導しようなんて思わない。

同じ頃、当時サンフランシスコでアメリカ第一禅協会の機関誌 *Berkeley Bussei* の編集委員をしていて、後に日本に滞在することになるウィル・ピーターセン[2]（Will Peterson）の書簡にも、スナイダーの落胆の様子がうかがえる。

Do not, please, get the uncomfortable feeling that you are being "analyzed"—far from it. However…
My advice is stay away from all hakujins and travel alone. In time doors will open, and the right people will be in your path. Do not seek, japan are prepared for seekers.[3]

どうか、「分析されている」というような不快な気持ちにならないでおくれ。
僕のアドバイスは、「ハクジン」たちから離れて、一人で旅をすることだよ。しばらくすると、ドアは開かれるよ、そしてふさわしい人が君の道に現れるから。さがしちゃいけない、日本は求める者に身構えているんだ。

この書簡によると、スナイダーは、日本に滞在する外国人（白人）としての複雑な感情を抱えている。「ハクジン」という言葉には日本における外国人の扱われ方に対する不信感が含まれている。また日本の庶民の生活における仏教のあり方だけでなく、日本社会がもつ閉鎖性についても疑いを感じている。

スナイダーの落ち込みは秋になっても続いていて、ウェーレンからの手紙には、スナイダーが送った詩をギンズバーグが読み、理解に苦しんだと書かれている[4]。「第一回目の日本滞在日記」も六月二十八日から三カ月間中断している。日々の出来事を常に記録する彼が三カ月間も空白にするのは珍しいことである。しかし、九月三十日に再開した日記は、初めて能『楊貴妃』を見たことから始まっていて、新たな展開を予感させる。シテが蓬莱を訪れることを「シャーマンの蓬莱への訪問」へと置き換え、アメリカで行う能舞台について「背景は砂漠、遠景に山々」などと構想をふくらませている（*EHH* 36-37）。これを当時から書き始めていた『終わりなき山河』の構想へとつなげていくのである[5]。

しかし、十二月に東京に滞在したときに書いた、「この東京」（*BC* 80-81）は、これまでのスナイダーの詩のなかでも最も悲観的で否定的な見方をもった詩の一つである。「平和、戦争、宗教、助けにならないだろう」と繰り返している。これは、少しずつ希望を取り戻しつつも、自分の期待と日本の社会との間に折りあいが見出されないことを示している。ようやく年が明け、春の接心の日記では、それまでの懐疑的な態度とは一変して、禅堂生活の様子が明るく、生き生きと語られている（*EHH* 44-53）。

スナイダーは、五七年八月にオイルタンカー「サッパークリーク号」に乗って、イタリア、セイロン、トルコを経由してサンフランシスコに帰る。このときの様子は、「オイルタンカー・ノート」（*EHH* 54-68）として、『地球の家を保つには』に収められている。これはスナイダーがインディアン居住地での作業の後に書いた日記であり、「第一回目の日本滞在」に比べると、乗船員たちのゴシップをそのまま記録していることが大きな違いである。例えば、これまでの日記では、仕事の内容に触れる記述よりも、禅の勉強のこと、日本語などの記述がはるかに多かった。しかし、「オイルタンカー・ノート」では船員の様子や船上での出来事の記述が多い。これは彼の心境の変化によるものだろう。彼は「知性、直観、繊細さ、悟り、すぐれた才能は、教育を受けた人たちに限定されると考えていた。私は彼らに個人として、人としてこれまで書物で得たものと同じくらい影響を受けた。彼らは自分にとって本当に師と仰ぐ存在であるが、かれらはみんな教育を受けてない。[6]しかし、偉大な自然の力や生命力をもっている。「タンカーブルース」はそのような経験について描いている[7]」と書いている。一回目の日本滞在は、日本の仏教や日本人に対して懐疑的な印象から始まったが、滞在の終盤から、彼のなかで人間性への理解に変化が起こってきたと言える。

精神の深化の過程

それでは、二回目の日本滞在ではスナイダーにどのような変化がもたらされたか。五九年一月にアメリカを出発し、京都の大徳寺において、小田雪窓老師のもとで禅の修行を再開することになる。三月にウェーレンに送った手紙によると、当時のスナイダーは、八瀬に「塵中庵」と名づけた家屋に住まいを移し、毎日参禅する生活を送っている。山里は、一回目の日本滞在で感じていた懐疑的な傾向が、禅の修行に打ち込むことによって、日本における禅の積極的な側面を強調し始めてきているようだと述べている。[8]筆者も、この時期は五五年の夏と比較するといっそう禅の修行の様子を積極的に伝えており、彼の心境の変化によるものと思う。例えば、詩「六年間」のなかの「二月」

は、家での掃除がテーマとなっている。掃除は作務であり、禅的生活の最も本質的特徴の一つである。[9] 禅では「抽象的な形而上学的問題の解決を迫られ、現実から遠ざかる傾向があるが、それに対処する最良法として肉体労働をやることを忘れなかった[10]」と言う。スナイダーは、幼少から農場の手伝いをし、ヨセミテでは樵の生活を送り、詩のなかに労働の肉体感覚を表現してきていた。彼にとって、労働と知的な思考のバランスをどのように保っていくかは簡単に解決できることではなかった。しかし、禅の修行によって労働と思考、つまり行動と観念を次のように克服したと語っている。

(ヨセミテ国立公園で森林作業をしていたことを指して)私は日中、森林の小道に出かけ、物事を知的にそして深刻に考えようとし、一方で仕事に従事していた。これまで、たくさんの仕事を経験するなかで同じようなことをしてきたが、苛立たしいことであった。最終的に、仕事から切り離した知的で内的な生活を続けようとするのをあきらめ、それが何だと言って、ただ仕事に従事したものだ。そして何かを失う代わりに、もっと大きなことを得た。ただ仕事に従事することによって、私は完全にそこにいることがわかり、自分のなかに山全体を感じ、しまいには岩や木々と一体となる一つの全体的な言語をもっていることがわかった。そしてこれが、行動することと、心が何も失うことなく一つになるという可能性を学んだ最初の経験であった。(*TRW* 8)

「二月」は、そのような禅の修行生活を最もよく反映した作品の一つとなっている。

water taps running, the sun part out
cleaning house　sweeping floor
knocking cobwebs off the shoji　pap pap
wiping the wood and the mats with a wet rag
hands and knees on the veranda
cat-prints—make them a footwiper
　　　　　　of newspaper（*BC* 55）

蛇口から水が流れて、太陽が照り返す
家を掃除する　床を拭く
障子についたクモの巣をはたきでとる　パタパタ
廊下と畳を雑巾で拭く
ベランダに四つんばいになる
猫の足跡　新聞紙で足拭きマットをつくってやる

この詩において、掃除を実際にしているのは詩人自身であるにもかかわらず、主語「私は」は意図的に排除されている。これは自己と掃除をしている行為にある境界をなくそうとすることの暗示である。スナイダーは、この詩が「家のなかの退屈な仕事を記録しているが、行動することと考えることが一体となる」（*TRW* 7）経験だと語っている。さらに、「僕が床を掃きながら床を掃くことを考えていれば、僕はすべてと一体となっている。それはささいなことと呼べるものでもなく、ささいな感情でもなんでもない。床を掃くことはそのとき、世界で一番大切なことになっていくのだ」（*TRW* 7）と語っている。八瀬での生活において、彼は日常の生活や自然との関わりのなかで、行動することと考えることが一致するということを追究しようとしているのである。この見解は、鈴木大拙の著作において、ほぼ同様なものを見つけることができる。鈴木は、禅において「働く者と見る者、動きと動かすもの、見るものと見られるもの、主と客という分離は無」[11]くなるようにしなければならないと述べ、「行動と思考」が一体になるだけでなく、「自と他」という区別さえも否定することを求めている。スナイダーは、エクバート・ファスとのインタヴューで、「それ（禅）は、私を日常の心から大きな宇宙に運び入れる」[12]と語っている。彼にとっての禅は、「自と他」の区別がなくなり、「自分の心と宇宙」の分離がなくなった状態を感じるための必然不可欠な手段と言えるだろう。禅によって得られる自他無分別の状態こそ、スナイダーが詩人として生きる上で、自然あるいは世界と自己をつなぐ、必然性として存在したのである。

アメリカに一時帰国し、サワーダウ山での経験をもとに書いた次に引用する詩では、一回目の日本滞在で見られた風景の叙述と比べると、とくに変化が感じられる。

Rocks suffer,

slowly,
Twisting, splintering scree
Strata and vein
writhe
Boiled, chilled, form to form,
Loosely hung over with
Slight weight of trees,
quick creatures
Flickering, soil and water,
Alive on each other.（*LOR* 43）

岩は苦しむ、
ゆっくりと、
ねじれ、岩くずを引き裂き
地層と岩脈は
身をよじる
熱され、冷まされ、形から形へ、
木々のわずかな重みが

のしかかり、
　すばやい生き物たちが
一瞬よぎり、土壌と水、
互いに頼って生きている。

詩「地質学の瞑想」の前半部分である。「地層と岩脈」の描写は岩が苦しみ、ねじれ、よじれる様子を表現しているようにも見える。しかし、この詩における主語は一貫して「岩」であり、詩人の主体「私」は存在しない。岩、地脈、水という非人間と詩人との間に境界はなく、それらが感じていることは詩人が感じていることと一体化している。スナイダーはあるインタヴューで、禅が詩に与えた影響について、「ときどき、とても感動しているのは、すべてのものが生きているという感覚を数回発見することだ。生命の質の階級差はまったくないレベルにある。そこでは一つの石も、一本の木の生命も、例えばアインシュタインの生命と同様に完全に美しく、貴く、聡明で価値あるものである」（*TRW* 17）と語っている。彼にとって禅は、これまで非人間として、生きていると思えなかったものに対し、生きているという感覚を与えてくれるものであった。このような無生物と自己との連続性は、彼が詩人として生きる上で不可欠な感性であり、禅の修行によってこそもたらされたものである。
次の詩「菩薩たち」（The Bodhisattvas）は、人間のさまざまな動作についての認識の変化が表現されている。

Some clap hands, some throw flowers,
Pat bread, lie down, sell books,
Do quaint dance steps, jingling jewels,
Plant wild Thyme in engine-blocks,
Make dark grimace stroking mules,
Fall backward into tom-tom thumps;
& cheer and wave and levitate
And pass out lunch on Vulture Peak
Enlightening gardens, parks & pools.（*LOR* 74）

ある者は手をたたき、ある者は花を投げ
パンをたたき、横になったり、本を売ったり
宝石をじゃらじゃら鳴らしながら、風変わりなダンスのステップをした、
エンジンブロックに野性のタイムを植えた、
ラバをなでながら暗いしかめっ面をし、
トムトムの音の方へ下がっていったりする
そして喝采し、手を振り、空中浮遊する

そして霊鷲山の上で昼食を分け与える
庭、公園、水たまりを悟らせる。

霊鷲山が描かれているので、仏教的風景を題材に表現したものと言える。さまざまな行動をする者を一人ひとり「菩薩」と呼ぶ。人々は実際には日常のありふれた行為をしているのだが、仏陀がすべての者を悟りに導いていく、と捉えている。森羅万象を悟りに導くことは、森羅万象に「慈悲」が及ぼされていることとも言える。

スナイダーは、禅を通して、「行動と思考」、「自と他」の区別を超えた精神の領域を認知し、無生物が生命を帯び、ありふれた日常に暮らす人々が、悟りへと導かれ菩薩の姿となると捉え、詩に表現している。禅によって、彼は精神の深層に生命、つまり女性性を見出し始めているのである。

精神と女性性

第三詩集のタイトルになっている「奥の国」とは、詩集のセクションが提示しているように、アメリカ極西部、日本滞在といういわば極東での体験、インド旅行で感じた精神の深層という三つの「奥の国」を指している。スナイダーは一九六四年、ジーン・ファウラーとのインタヴューで、「最近の詩の変化には、禅の修行で得たことが関わっている。（中略）外的な風景と内的な風景のかなり近い一致がだんだんと見られるようになり」、その一致を詩に表現しようとし始めている、と語っている（*TRW* 3-6）。これは彼が学生時代に取り組んでいた神話研究を再検討し、深化する機会を与えるもので、それまでの神話研究が仏教の修行によってどのような変化を遂げたかを考察する必要があるだろう。

本節では、スナイダーと現実の女性との関係が、精神の「奥の国」において、どのような内面的変化をとげることになったか、その過程を詩において考察する。詩集『奥の国』の第四セクションのタイトルは「カーリー」だが、その「カーリー」像と現実の女性とはどのように関わり、何を形成していったか。ヒンズー教において「カーリー」は破壊的な女神と考えられているが、ここでは破壊的なだけではない「カーリー」像を構築しようとしている点に価値を見出していくべきであろう。

スナイダーは、現実世界と詩的世界との関係について、「詩人の仕事と詩人自身を分けない」[13]、「詩は、人やものや事実の世界に対する愛情や関わりのなかから生まれてくる」[14]と述べている。彼の詩は日常的愛情の蓄積を源泉として生まれるということだ。では、「ロビンのための四つの詩」から見てみよう。

ロビン像──現実の女性から

一九五三年、スナイダーは、ヨセミテでの森林作業中の日記にロビンという女性を詩のなかに登場させる構想を記していた。「ロビンは超感覚の存在であり、悲しみの存在でもある」[15]。まず、ロビン像から、彼の女性像の形成を考察していく。

この構想のもと、十年に亘りスナイダーは、ロビンにまつわる詩を六つ書いている。[16]「ロビンのため四つの詩」と「アリソン」、「ロビン」である。「アリソン」は、「母は君をロビンと呼んだ」(My mother called you Robin.)と始まっており、ロビンが、学生時代に交際し、結婚した(のちに離婚した)アリソン・ガスの擬人化であることが判明する。

スナイダーは、日本滞在時にアリソン・ガスとの別れを思い出して、「九月の八瀬」(「ロビンのための四つの詩」の四)を書いている。前半の内容から、アリソンとの別れはお互いの進む道が異なっていったことが原因にあることがわかる。当時、スナイダーは禅を学び始めており、それを深めるため日本に十年程滞在しなければならないという決意があった。一方アリソンは「(スナイダーと別れて)自由になることを選択したとき」に、「じゃ、またいつか。十年後にでも」と告げている。スナイダーは別れてからも、彼女の様子を気にかけていた。十年を経、アリソンがまだ独身であることを聞くが、自分は日本で詩人、記者であるジョアン・カイガーと結婚していた。

Only in dream, like this dawn,
Does the grave, awed intensity
Of our young love
Return to my mind, to my flesh.

We had what the others
All crave and seek for;

We left it behind at nineteen.

I feel ancient, as though I had
Lived many lives.

And may never now know
If I am a fool
Or have done what my
karma demands.（*BC* 49）

ただ夢のなかで、この明け方のように
私たちの若い愛の
重々しく恐懼させる激しさが
私のこころに、肉体にもどってくる

他のみんなが強く願い、求めていたことを
僕たちは実現した。
僕らはそれを十九歳でそのままにしてきた。

年寄りだと感ずる、まるで
たくさんの生を生きてきたように。

そして今となっては僕が馬鹿なのか
それとも自分のカルマ（業）に要求されるがままにやってきただけなのか
決して知ることはないだろう。

夢のなかで、詩人はアリソンへの思いで、自分の肉体的な欲求を生々しく表現している。上記の引用で、「太古の」（訳文「年寄り」原文"ancient"）という言葉を用いているが、詩人は、自分自身がただこの今あるかたちの生を生きているだけでなく、何世代もある生を生きていると感じている。生は輪廻転生するという考えがこの詩の背後にある。その輪廻を貫きうるのが「カルマ（業）」であり、それをうねとして感じられるということだろう。しかし、詩人のなかで、それが自分自身から生じているのか、それ以上の大きな世界から生じているのかは、判然としていない。この詩において、アリソンとの別れを思い出し、彼女を夢に見、それを自分自身の精神の「奥の国」に、カルマ（業）として蓄積しているのだ。
次のロビン像も、スナイダーの夢のなかに再度現れる。

Eight years ago this May
We walked under cherry blossoms
At night in an orchard in Oregon.
All that I wanted then
Is forgotten now, but you.
Here in the night
In a garden of the old capital
I feel the trembling ghost of Yugao
I remember your cool body
Naked under a summer cotton dress.（*BC* 47）

八年前このような五月に
僕らは桜の木の下を歩いていた
夜オレゴンの果樹園を
僕があの当時欲しがっていたもののうち
君以外のことはもうみんな忘れてしまった。
この夜の闇のなかで古都の庭があり
夕顔の震えている幽霊を感じる

僕は綿の夏服の下に何も着ていない
君の冷たい体をおぼえている。

これは、「ロビンのための四つの詩」の一つで、「ある秋の朝　相国寺で」の後半部分である。八年前、ロビンとリードカレッジ時代を一緒に過ごしたオレゴン州のある果樹園の桜の木の下を歩いていたときの記憶が、夕顔の幽霊と重なってくる。『源氏物語』の登場人物でもある夕顔は、謡曲『夕顔』に登場する。その冷たい体の感触には、詩人のエロティシズムが表現されている。八年前の詩人とロビンの恋愛関係と現在の詩人と夕顔の妄執が対比されている。これは、能において、前シテが若き日の栄華や美しさを語り、後シテが夢（夢幻）の世界で妄執を語る構造に類似している。能では、夢の世界で主人公（シテ）の多面的な精神性を表現することができる。上記の詩において、スナイダーは、ロビンに夕顔の妄執も加え多面性をもたせている。彼のアリソンへの執着が、ロビン、夕顔となって立ち現れている。しかしながら、妄執に打ち震えるのは、ロビン、夕顔だけでなく、彼自身でもある。妄執にとりつかれているのは、ロビンや夕顔ではなく彼自身なのだ。内面に深く隠されていたものが、このような姿となって現れたのであろう。スナイダーに内面化された妄執は、彼自身の問題によるものではなく、もっと大きな妄執によるものであることを想起させる。

In dream you appeared
(Three times in nine years)

Wild, cold, and accusing.
I woke shamed and angry:
The pointless wars of the heart.（*BC* 48）

夢のなかに君は現れた。
（九年間で三回も）
野性的で、冷たく、非難に満ちて
僕は恥じ、怒って目が覚めた
心のなかで意味のない戦争

夢のなかでロビンは冷酷で攻撃的である。詩人はそのようなロビンに苦しめられている。ロビンは詩人が背負うカルマをさらに考えさせる原因となっている。つまり、ロビンの攻撃性は、ロビンの妄執によるものだけではない。ロビンの妄執はスナイダーの妄執の鏡となっている。日記には「平凡なことにカルマがひそんでいることを考える重要性をロビンは教えている」と記している。[17]ロビン像は、スナイダーの現実の女性関係から生じた妄執を象徴する存在であるだけでなく、スナイダー自身の妄執、そしてカルマ（業）を象徴する存在となっている。スナイダーは、ロビン像を構築することを通して、自分自身の精神の「奥の国」にカルマ（業）を形成し始めているのだ。[18]

小野小町像——「ロビンのための四つの詩」より

スナイダーは、同詩集の第四セクション「カーリー」で、次に引用する詩「もう一つ同じもの」（Another for the same）において別の女性像を形成している。

a cut reed floating
a sort of Lady Komachi
wiser than me
the best of your beauty

always hidden, yu　幽

"a glow of red leaves in dark woods"
in your gray eyes.
look at me stranger
I've been hungry, alone, cold,
but not lonely
must I be lonely with you?
Danae to sunlight, starlight,

wind, snuffing it on every
　　　　high hill
of the mind.（*BC* 79）

切れたアシが浮いている
小野小町のような人
僕よりも賢く
君の美しさの最良のもの

いつも秘められている、ユー「幽」

君の灰色の目の
「暗い森のなかの赤い葉の輝き」。
僕をよそよそしく見て
僕は空腹で、ひとりぼっちで寒かったが
孤独ではなかった
君といて孤独でなくてはならぬのか
太陽の光、星の光のふりそそぐダナエ、

心の
　高い丘の
上でそれを嗅いでいる風。

「小町」（Lady Komachi）という言葉から、謡曲にある小町物『関寺小町』『卒塔婆小町』『鸚鵡小町』『通小町』を想起させる。また詩の冒頭〝a cut reed floating〟（切れたアシが浮いている）は、謡曲『卒塔婆小町』での小野小町の発する言葉である「わびぬれば身をうき草の根を絶えて誘う水あらばいなむぞと思う」（『古今和歌集』）の「うき草」の英訳部分〝reed〟を引用していることから、『卒塔婆小町』をもとに創作したことがわかる。[19] この短歌は、「百歳になった小野小町が美しかった昔とは違って今は老残の身であることを恥じ」たものである。そこでは小野小町は若い頃美貌を誇って驕りたかぶっていたが、現在は路傍の乞食となってさすらう賤しい女になっている。「幽」があえて漢字で表記されているのは、スナイダーが、日本語としてこの言葉が意味することを単に〝hidden〟という英訳では表せないことを伝えようとするためだろう。謡曲『卒塔婆小町』では、齢百歳に及んだ小野小町に、小町に想いを遂げずに死んだ深草四位少将の怨霊がとりつき、百夜通いを再現する有様が展開される。老婆に深草四位少将の怨念がとりついて物狂いになった様、それが「幽」である。スナイダーは能の小町に、美しさだけでなく、その背後にある「幽」を捉えているのだろう。

スナイダーによると、この女性は実際にはバークレーにいた頃に別れた女性だということである。[20]

「身は浮世」と歌った小町のように、その女性が水に浮かぶ切れたアシのように、心に浮かんでくる。年老いた老婆に、美しい小町が秘められているように、その美しさの核心は常に秘められている。あるいは、「暗い森のなかの赤い葉の輝き」においても、秘められた美しさが「光」として表現されている。[21] その光を感じるのはスナイダーであるはずが、それがダナエとして表象されている。つまりダナエはスナイダーの化身でもあり、自分のなかの女性性を認めるものなのだ。彼の精神の深層には、妄執、カルマ（業）の場、美しさの背後にある「幽」が存在し、それが「奥の国」となっている。そこはダナエに象徴される自分自身の女性性をも含む領域である。

処女としてのアルテミス――「ロビンのための四つの詩」より

Artemis naked:
the soft white
　　　buried sprout
of the world's first
seed.（*BC* 89）

アルテミスは裸だ
やわらかくて白い

世界で最初の種の
埋め込まれた芽。

アルテミスは、ロビンや小町とは一転して、生命の芽として描かれている。また、この詩では「白」と「芽」が描かれ、アルテミスが処女を象徴するものとなっている。また、詩の中盤に"glow of red lips in dark hair"（黒髪のなかの赤い唇の輝き）とあり、美しさが秘められていることを表現している。これは「もう一つおなじもの」における"a glow of red leaves in dark woods"（暗い森のなかの紅い葉の輝き）と類似したイメージだ。「赤」は「処女」が「母親」になることも示しており、全体としてアルテミスの生命力を象徴するものと考えられる。このような傾向は、「仏陀たちの母、天の女王、太陽の母、マリーチ、夜明けの女神」にもある。スナイダーはインドの大乗仏教の遺跡を訪れたとき、地中に半ば埋もれたマリーチ（摩利支天）の石像を見、その後、本物の雌豚を見て、その強烈な存在感に共鳴して雌豚とマリーチを結びつけ、詩を書いたことを記している。ここでも、マリーチが生命力に結びつけられている。

スナイダーは、「カーリー」をもとに、小町、ダナエ、アルテミスなどの女性像を描き、女性的なものが有する精神性を追究した。小町が「幽」を象徴する存在である一方、アルテミスは生命を象徴する存在である。つまり彼の「カーリー」像は、「幽」を象徴しているだけでなく、アルテミスのような生命力も象徴する。

現実の女性との関係から生み出されたロビンや夕顔は、スナイダー自身の精神の鏡となりえただろう。これは彼の精神に女性的な場所、「奥の国」が存在することを示している。現実の女性関係から生み出された小町は「カーリー」像の一つだが、「カーリー」像もスナイダーの精神の女性性の一部となっている。

心の奥の国

スナイダーは、禅の修行での作務、瞑想で得られた体験を積極的に詩作へ反映させていった。禅を通して、無生物が生命を帯び、ありふれた日常に暮らす人々が悟りへと導かれて菩薩の姿になると捉え、詩に表現する。これは「行動と思考」「自と他」の区別を超えた精神の領域を認知できたことによるものだ。これまで論じてきたように、禅によって、スナイダーは精神の深層に生命、つまり女性性を見出し始めている。そして自己と非自己との境界をなくした経験を表すために、英語のシンタックスの枠を破壊する必要があり、「私」という主語が欠落する傾向が出てくる。

禅の修行によって、スナイダーは精神の深層に関心をもち、それを捉えようとし、「カーリー」をもとに数々の女性像を創作した。意識の深層には生命を育む女性性があり、それは「他者」、つまり詩神としてこころを動かし、詩的源泉として存在することを見出すことができた。そこがスナイダーにとって禅と神話を結ぶ領域となりえたのだ。しかし、この時期は過渡的な段階であって、次の詩集においてさらに発展が期待できるのである。

禅・エコロジー・「部族」

この段階においてもう一方で発展した要素は、スナイダーの思想である。それはアメリカ先住民の研究を通して、西洋文化にはない自然と人間の連続性を見出したことに基点がある。彼はアメリカ先住民を研究する立場ではなく、アメリカ先住民と同様に研究される立場となる詩人として生きることを選択した。そしてアメリカ先住民にはなれない自分を、自然や土地と結びつけてくれるものとして仏教に出会った。本章のこれまでの考察ではこのように詩の源泉の形成を跡づけたが、もう一方において、スナイダーの思想の形成もなされた。それが、本節で考察するエコロジー意識の形成と「部族」である。エコロジー意識は、第一節で引用した「食物連鎖」への関心から生じたものである。「部族」とは、スナイダーがアメリカ先住民のもつ自然と場所との連続性から学んだ知恵を新たな段階へ進歩させようとしたものである。本節ではこれら二つの思想形成を考察していく。

次の「味覚の歌」(Song of the Taste) は、彼の問題意識が自己の精神の深化から全生命が生きることへと変化したことを示す詩である。

Eating the living germs of grasses
Eating the ova of large birds
　the fleshy sweetness packed
around the sperm of swaying trees

The muscles of the flanks and thighs of
soft-voiced cows
the bounce in the lamb's leap
the swish in the ox's tail

Eating roots grown swoll
inside the soil

Drawing on life of living
clustered points of light spun
out of space
hidden in the grape.

Eating each other's seed
eating
ah, each other.

Kissing the lover in the mouth of bread:

lip to lip.（*RW* 17）

草の生きている胚芽を食べる
大きな鳥の卵子を食べる
　揺れる木々の精子のまわりにぎっしりと詰まった
　肉質の甘さ

柔らかい声をした雌牛の
脇腹や腿の筋肉
　飛び跳ねる子羊の力
　牝牛の尻尾のひとふり

土のなかで大きくふくれた
　根っこを食べる

頼っている、生きているものの命に
　空間のなかから紡ぎ出され
葡萄のなかに隠された

群れをなす光の粒
お互いの種を食べている
　食べているのだ
ああ、お互いを

恋人のパンの唇にくちづけをする
　唇に唇を重ねて

この作品の大きな特徴は、主語が明示されず、他動詞（現在分詞）と目的語のみで構成されている点にある。あえて主語をなくす文体で、命あるものが生きるために食べる、つまり相互依存しあう世界が描かれている。それは人間が食物連鎖の頂点に君臨しているのでなく、命の循環あるいは網の目のなかで命の交換をしていることを意味している。スナイダーが理想とする無差別の世界とは、そのような命が平等に交換される世界だ。彼は「われわれを取り巻く自然のシステムがわれわれの生命のなかに浸透している」ことに触れ、例えば「森にいるシカは外にいると思えるが、実はわれわれのなかにいる」と言う。それは、「私たちの食べ物となって、われわれのなかにいる。これは、植物や動物がエネルギーの伝達の役割を果たしている」からだと語っている。[22] 因陀羅網が命の相互依存のメタファーとして詩のイメージに生かされているのだ。そして、自分自身も全生命の共同体を形成する一つの命だと自覚することによって、自分の使命が自ずと明らかになってくると感じ始めている。

スナイダーは、日本での仏教の研究を通して、六一年五月二十七日、京都で「仏教徒のアナーキズム」というエッセーを書いている。[23]「仏教は宇宙とすべての生物が本質的に完全なる叡智、愛、そして慈悲の状態で、相互依存状態にある」というヴィジョンをもち、それは、禅が華厳の「宇宙は広大なすべての事物と生物が必然性をもつと同時に神聖であるような相互依存の網の目」を継承しているためだ、と述べている。スナイダーにとって、このヴィジョンの実現には、瞑想によって自我をなくしていくことが必要となる。

> Meditation is going into the mind to see this yourself—over and over again, until it becomes the mind you live in. Morality is bringing it back out in the way you live, through personal example and responsible action, ultimately toward the true community（sangha）of "all beings."（*EHH* 92）

> 瞑想は精神に入ってこのことを自分自身で見ることだ——繰り返し、繰り返し、ついにはそれがそのなかにあなたが住んでいる精神になってしまうまで。道徳はそれをあなたの生き方に戻す。個人の実例と責任ある行動を通して、究極的には「全生命存在の」真なる共同体（サンガ）をめざす。

この見解は人間と非人間との区別がない「無差別的な社会」を理想とし、「「全生命存在」の真なる共同体」とはスナイダーが理想とする世界のありようを示している。彼は日本で禅を研究する以前に、「慈悲」を通して人間と非人間が結ばれると書いてきたが、当時は「全生命の共同体」へとつながることには到達していなかった。それが日本での禅の研究の成果によって、理想的なコミュニティのあり方を提示することに繋がった。これはこの時代にあって革新的なヴィジョンだった。スナイダーにとって来るべき革命とは生命が平等で支えあう生命共同体であり、それを実現化する場所を模索しているのである。

創造の場の模索――「部族」との交流

インド旅行後、意識と想像力の関係がスナイダーの問題の中心になる。また、この時期はアメリカ帰国を目前にして、自分の創造の場を模索する時期でもあった。このとき出会ったのが、日本の「部族」という集団である。足跡を追いながら、この時期の詩人としての深化を考察したい。

スナイダーはインド旅行後、オーストラリア人のニール・ハンター[24]（Neale Hunter）を通して日本の対抗文化の詩人たちと交わっていく。彼らは日本の全学連運動に関わっており、自分たちを「部族」[25]と称して、自由共同体を形成しようとしていた集団である。スナイダーはアメリカに帰国するまでの間、あるときは生活をともにし、またあるときはともに詩の朗読会を行うなど、日本の「部族」のメンバーと行動をともにした（*EHH* 103-112）。

ハンターは、日本の「部族」の代表的な人物であるナナオ・サカキ[26]と新宿で行動をともにしていた。彼はスナイダーと出会ったときに、ナナオの詩集*Bellyfulls*[27]（1961）の原稿をもっており、これがその後のスナイダーとナナオとの出会いをもたらすことになる。スナイダーはナナオの英訳された詩集を読み、インド旅行から帰った後にナナオと会うことになる。[28]詩集『奥の国』では、詩「六年間」や「二月」に、「部族」のメンバー、加藤守、長沢哲夫、ナナオと「韓国料理を食べ」、「どぶろく」や「泡盛」を飲む場面が描かれている。ナナオを通して出会った「部族」のメンバーの一人である山尾三省は、「僕達が自分を「部族」と呼んだのは、古代社会や未開社会のうちに見られる部族という社会概念が、新しく幸福と自由を求める人間性の理想的な社会的単位の規範としてあるのではないか、と判断したからに他ならなかった」、「自分達の場を自分達で作り、自分達で維持していくというコミューンの発想」と回想している。[29]スナイダーは、諏訪之瀬島にあるコミューン、バンヤン・アシュラムに滞在したが、「部族」が「共同体的スタイル」と「精神的肉体的愛について恍惚たる肉体的ヴィジョン」をもっていることを指摘している。この見解は、スナイダーが自分の創造の場を模索している段階で、「部族」が共同体とヴィジョンをもっていることに共鳴し、これらを取り入れようとしていることを示唆するものだ。「部族」は人間性の回復のために、文明生活から意図的に離れ、孤島でコミューンをつくったが、スナイダーも文明に対してたびたび批判的にとらえている。例えば、「文明はモノカルチャー化する。未だ世界には三千もの文化、三千もの言語が存在している。文明というのは最近のことである。原始的な文化は、多様性をもつ」と語り、そのような豊かな多様性をもつ原始的な文化から学ぶことが重要であるという立場をとる。

しかし、「部族」が人間性回復のために古代の部族のようなコミューン生活を行っていたのに対して、スナイダーが模索していた創作の場には、それ以上のものがあった。

Revolutionary consciousness is to be found
Among the most ruthlessly exploited classes:
Animals, trees, water, air, grasses

最も革命的な意識は
最も無慈悲に搾取された階級の者たちのなかにあり
動物、木、水、空気、草である。

　　If civilization
is the exploiter, the masses is nature.
　　and the party
is the poets.（*RW* 39）

文明が搾取者なら、庶民は自然
　そして政党は詩人たち

スナイダーにとって文明は、人間だけでなく非人間をも搾取するものである。詩人は非人間を代弁しなければならないと彼は考える。スナイダーと「部族」との違いはここにある。彼のコミュニティのヴィジョンは非人間を含む共同体の実現に向けられている。

スナイダーは日本の「部族」のメンバーのひとりとして、一九六四年四月十七日に行われた東京安田部族の集い、「生命の詩」の朗読会にも参加している。六七年から帰国する六八年夏までが、彼が日本のムーブメントに大きく関わった時期だ。「部族」の機関紙「部族」創刊号に「なぜ部族か」を寄稿[30]（後に『地球の家を保つには』に所収）。これはこの運動を盛り上げていく一因となった。この創刊号[31]にはスナイダーとも親交の深い長沢哲夫が「部族宣言」を書いている[32]。六八年夏、スナイダーは、「〈ベトナムに平和を！〉市民連合」に鶴見俊輔[33]と山田塊也とともに関与する[34]。

「部族」のメンバーの究極的な目的は、「コミューンという理想社会を築くためには、純粋で普遍的な愛と慈悲が必要」で、スナイダーの『地球の家を保つには』の「聖なる地球の共同体」、無生物に愛が及ぶという理想と類似した視点をもつ。これは、「部族」のメンバーがもっていたヴィジョンをスナイダーが共有していることを示唆している。

スナイダーが「部族」とともに行動したのは、コミュニティのあり方を模索していたことの他に、もう一つ要因がある。それは、彼の関心事であった意識の深層と神話、女性、自然の問題である。

意識の深い部分に創造力を左右する部分がある。意識は文化的な諸要素が作用して形成される。

それを、内面的にも、外界に対しても追究していこうとするのが詩人の使命である。それは仏教徒としての務めでもあり、ヨガ行者の務めでもあり、シャーマンの務めでもある。(35)

彼はまた、「私が以前から言っていた通り、詩人の能力の特別な領域は、言語と神話の交差点にある。詩人は直観的で、かつ国際的な学識、元型の形成を理解し、自分の文化の文化的無意識、それを支配するイメージから力を形成し、ときどき確かな方法でイメージを巧みに操り、変化させることを可能にするのだ」とも語っている。(36) 彼は仏教の修行によって意識の構造を追究した結果、意識の深い部分には原始的な文化の力があり、それが創造力を左右するという結論に到達した。諏訪之瀬島滞在記の最後に、「私は古代――原始――日本のこころと暮らしをかいま見ることができた。そして、私と雅（妻）は今日の生活に何を復活できるかがわかった」と書いている。彼は創作の場には原始的な文化の豊かさを再現することが重要だと確信をもち、次のようにも語っている。「詩人の役割は原始時代と現在をつなぐ役割にある」、「田舎は革命的な領土である」。木や草を革命に巻き込んでいきたいと考えているのである。こうして創作の場はどうあればよいか、彼は「部族」を通して、愛と慈悲で結びつく共同体のあり方を学んだ。詩人としての使命を自覚し、創作の場であり、サンガとなる禅堂の建設を計画していた。

スナイダーは、五六年から日本に滞在していたため、アメリカでのビート・ムーブメントには一線を画している。ムーブメントの中心だったジャック・ケルアックは仏教に関わる作品を執筆していたが、仏教に関する知識を教えたのがスナイダーだった。彼は禅を日本で本格的に学んでいることにより、アメリカにいるビート作家たちに影響を与えていた[37]。

このようにして、スナイダーは、日米の文化的な交流の中心人物としての位置を占めていた。第一回目の日本滞在を終えて、サンフランシスコでは、日本での禅の修行の語り部となっていた。また「瞑想をしているときに僕が考えていることは」という詩を*ARK*[38]に発表している。サンフランシスコでは、ビート・ムーブメントについて、*The American Buddhist* が特集で取り上げるなど、若者の文学運動における禅の傾向を取り上げている。

日本滞在中に、スナイダーは「ビート・ジェネレーションに関するノート」を書き、その全貌を説明している。「サンフランシスコ詩のルネッサンス」の始まりとなったシックスギャラリーでの詩の朗読会、ビートと呼ばれる詩人たちの生活の様子が克明に記され、また「自分たちが障壁（共産主義と資本主義の対立やマッカーシズム等）を破って新しい表現の自由に達している」こと、「自分たちのイマジネーションはそれぞれ独自の自主的な、自発的な生命をもっている」という詩的な独自性を説明している。彼にとって、ビートとは「知識階級が個人としての人間や、生活や個人の動機などの本性について、また愛と憎しみの本質について、さらに知性を達成する手段について再確認しようという世界的傾向の一つの表れである」[39]。スナイダーの立場は、物質至上主義に抑圧された人間および非人間の存在、あるいはそれらとの関係の本質を追究し、これを詩によって回復していくことにある。

この時期に、スナイダーは、意識の深層への関心に加え、「全生命の共同体」という理想とする世界のありようを見出した。これは、彼にとって世界のあるべき姿の理想であり、大きな課題として彼を導くものとなった。

日本滞在以前に、自分はどう生きるべきなのかと模索していたが、絶滅に瀕した自然の声を伝えることに詩人として使命を見出し始めている。これはアメリカに帰国後さらに深まる可能性をもつものだ。日本滞在の終わり頃、スナイダーは帰国後の創作の場をどのような「場所」にすべきであるかを「部族」の生活から学んでいる。そして、自分の場所を決定し、原始的な文化を感じることでき、坐禅をし、人間だけでなくすべての生命のための共同体をつくっていかなければならない、という結論に到達したのである。

第三章　波動＝女性＝創造性の発見

——『波について』

意識の深層から想像力、生命を生む場所へ

第二章では、スナイダーが日本での禅の修行を通して、意識の深層に強い関心をもち、それがスナイダーの想像力の形成につながっていった過程について考察した。その特徴は、女性が悲しみや幽、あるいはカルマを背負いつつも、次の生命を生む力の象徴となっていたことだ。

次の段階への過渡期を描いた作品が、詩集『波について』（*Regarding Wave*, 1967）である。この詩集の新しい傾向は、スナイダーがこれまで関心をもっていた神話、仏教、生態学に加え、科学の視点を取り入れている点である。これは実証的、物理的な詩を創作したという意味ではなく、仏教の修行で感じた人間と自然との関係性に関わる科学的な側面に興味をもったということだ。つまり、人間と自然の関係性に「エネルギー」を結びつけて創作しようとし始めたのである。(1)

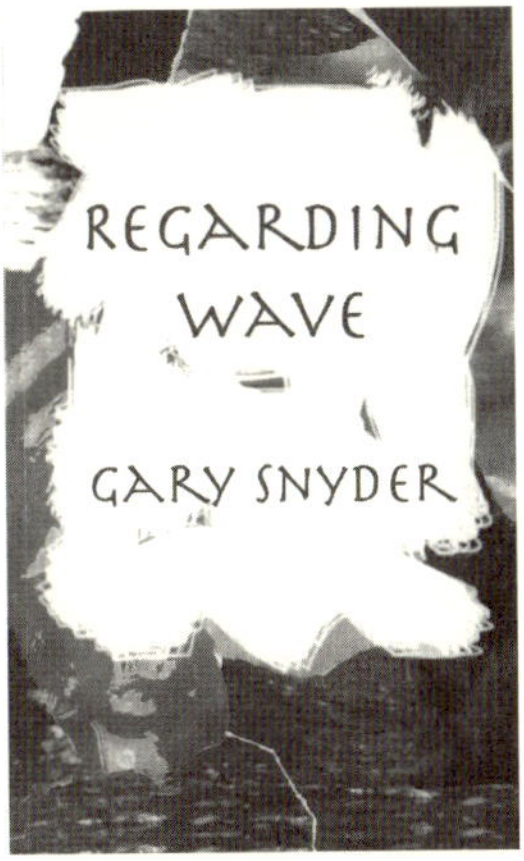

この点に初めて注目したのは、ステューディングである。彼は、初期作品におけるスナイダーの想像力の特徴、つまり『神話と本文』『奥の国』『波について』等を貫く「エネルギーの力と精神的

な力」について論及をしている[2]。その研究はスナイダーの想像力における科学的な側面を評価した点が重要だ。一方、スナイダーの詩の構造について解明しようとしたのが、ジュリア・マーティンである。彼は、トーマス・パーキンソンが一九六八年に、「スナイダーはほとんどメタファーを用いていない」と指摘したことを再検討しようとした。マーティンは、後期の詩（『波について』と『亀の島』）において、「ヴァク」、「母なる地球」、地球という「女神」に関連する隠喩のパターンが使われていると論じている。第二章で、精神の闇のなかに女性を見、それが生命を生み出す場として機能し始めていたことを考察した。マーティンの「女神」説は、後期作品にのみ限定されているが、前章の考察をふまえると、初期からアメリカ先住民の神話研究と仏教によってつながりをもつものであると考えられる。

第三章では、意識の深層、神話、女性、自然に対するスナイダーの問題意識が、仏教の研究の深まりによって、調整、融合されていくプロセスを考察することにしよう。

生命の波動

以前は神話上の女性が自然と結びつけられていたが、詩集『波について』においてはそのようなイメージの形成は痕跡となっており、さらに発展が見られる作品となっている。まず、生命を育む場について取り上げていく。

詩集『波について』の「波」（Wave）は、波動をテーマにしている。

Grooving clam shell
streakt through marble
sweeping down ponderosa pine bark-scale
rip-cut tree grain
sand-dunes, lava
flow（*RW 3*）

ハマグリ貝に溝を彫る
大理石のなかに筋が走り
ポンデローサ松の鱗被を押し流し
切り裂かれた木目
砂丘、溶岩
流れ

スナイダーは自分の周囲の自然を記録する。すると、ハマグリの溝、大理石の筋、ポンデローサ松の年輪、砂丘文様、溶岩の縞が見える。これらはすべて波紋をもっている。波は生命の営みの痕跡であり、それらが自然界のエネルギーによって動かされていることを示す。ここに取り上げた自然は彼にとって自他無差別の世界である。一人称の主語がないこともそれを強調するのに貢献し、分詞は「流れ」の時間的な変化を表現する手助けとなっている。

Wave　wife.
　woman—wyfman—
“veiled; vibrating; vague”
sawtooth ranges pulsing;
　　　veins on the back of the hand.（*RW* 3）

波　妻
　女性（ウーマン）——ウィフマン
「覆われ　震え　茫洋（ヴァーグ）」
　鋸刃の連山の鼓動
　　手の甲に盛り上がる血管

スナイダーは、『地球の家を保つには』の「詩と原始主義に関するノート」において、次のように説明している。「詩は声であり、インドの伝統ではヴァク（声）は女神である。ヴァクはサラスヴァティ（弁財天）とも呼ばれブラフマの愛人であり、彼の実際の創造のエネルギーである」（*EHH* 67）。加えて、「ヴァクはブラフマの妻であるから（インド・ヨーロッパ語の語源では「妻」は

「波」を「波」は「振動させるもの」を意味している)、声は、どんな人にあっても深奥の自己を映す鏡である」(*EHH* 34)。また、スナイダーは、エッセー集『昔のやり方』の「民族詩学の政治学」においても、インドの伝統として言語と詩学の起源について触れている。「創造者ブラフマ(梵天)が自分の思いを歌として女神ヴァクの姿に託し、女神ヴァクのエネルギーから「声」が生まれる。よって今日インドにおいて、彼女はサラスヴァティと呼ばれ、詩と音楽と学問の女神として知られている」(*EHH* 124)。「声」「詩」は、創造者ブラフマのエネルギーが変化したものである。インド哲学を踏まえ、「波」「妻」「女性」「振動させる」が同源語をもち、創造的(想像的な)なエネルギーとなることを裏づけている。また、山の「鼓動」は非人間、手の「静脈」は人間に共通する「波動」であり、生命の営みの痕跡である。スナイダーは、「波動」を描くことによって、「創造性」いわば想像的なエネルギーが自然の営みのなかに見出され、それが人間だけの能力ではないことを伝えている。

ところで、スナイダーは、詩集『奥の国』で、精神の深層を探求し、自分の精神の深層に女性性が存在することを詩で表現したが、エクバート・ファスとのインタヴューで、ユング心理学の視点を取り入れて、神話と集団的無意識、「元型」について語っており、そこでは、「神話が無意識の深層部分を顕現している」「神話は大部分が生態学的で、ある意味で大部分は前文化的である内面的なものである。神話はまた人間の古代の伝説であり、文化によって人間とを結びつけるものである」と述べている。[3] これは、神話は文化以前の深層的普遍的無意識のなかに元型としてある、という立場を示唆するものだ。スナイダーはこれまで、数々の神話上の女性の存在と自然との結びつきに取り組んできたが、ここでは人間と非人間に共通する営みである「波動」を発見することによって、女性がもつ波動を起こす力が創造的なエネルギーとなることを導いている。想像力自体が大地的、女性的な創造のエネルギーであることを認め、そこから原初的な想像力による神話と自然による生成である生態の融合が導き出される。波＝妻（＝女性）＝創造的エネルギーという語源的結びつきによって自然生態と神話が融合され、大地も詩も同じ源から生み出されることを提示するのだ。
次に『波について』を通して、スナイダーにとっての「波動」がさらなる広がりを示していることを確認したい。

The voice of Dharma
　　the voice
　　　　now
A shimmering bell
　　through all.（*RW* 35）

法の声
声
今だ

揺らめく鐘の音
万物を突きぬけて

第一、第二スタンザにおいて、声、法（ダルマ）の声、鐘の音は同義となっている。ダルマは法であり、ダルマの声は仏法の声である。万物を貫く梵鐘が鳴ることによって仏法が万物に浸透していく。ここでの「鏡声」は、万物を貫く仏法を伝達する役割を担っている。

Every hill,   still.
Every tree alive. Every leaf.
All the slopes   flow.
    old woods, new seedlings,
        tall grasses plumes.

Dark hollows;   peaks of light.
    wind stirs   the cool side
Each leaf living.
    All the hills.（*RW* 35）

どの丘も　静か。
どの木も生きている。どの葉も。
すべての傾斜地は　流れる。
古い森、新しい実生の草木、
背の高い草の冠毛。

暗いくぼみ　光の頂上。
風が動く　涼しい側
葉一枚一枚が生きている。
丘のすべてが。

第三スタンザでは、一つひとつの生命体に触れている。傾斜地は地殻の隆起の産物で、これも「波動」の一部となっている。第四スタンザでは、さらに「波動」の及ぶ範囲を示し、暗い洞窟に伸びてくる光る山の頂上が風によって揺れている様子が描かれている。スナイダーは「木々、動物、山々はある意味で一つひとつがエネルギーの流れの乱気流のパターンをあらわす」（*TRW* 114）とも書いている。非人間である「木々」「動物」「山々」はどれも「生きていて」、それらすべてが大きな力によって形成されたエネルギーの流れの一部であることを表現している。スナイダーは、生きている静かな丘、木々、葉、古い森、草木、冠毛、これらすべてに仏法（波動・生）が及んでいることを描いているのである。

The Voice
is a wife
to
him still.

---

om　ah　hum（*RW* 35）

その声は
妻
彼にとって　今も。

オーム　アー　フム

第五スタンザでは声がブラフマと結びついていくことが示される。「波」で視覚的、音声的に提示された「波動」は、鐘の音の「波動」となって、仏法を教える「波動」となり、それはまた、ブ

ラフマがすべての生命体に及ぼしている波動となる。ここでスナイダーの意識を領していたのは、語ること、歌うことが精神と宇宙の媒体であるということだ。(4) Om とは、ヒンドゥー教で儀式の前に唱える神聖な音である。a、u、m、の三音から成り、それぞれヒンドゥー教の三主神 Brahma（梵天）、Vishnu（ヴィシヌ、世界を維持する神）、Siva（破壊神）を指す。"The Voice" はサラスヴァティ、その夫である "him" は梵天と解釈できる。a-hum（本文は ah hum）は、「阿吽」(5) であり、一切の教えの根本である。(6) a は「阿」万法の発生、hum は万法の帰着を表し、したがって森羅万象を唱える。"The Voice" は、最初の創造力をもつ言葉「オーム」を発した声でもある。スナイダーは、生命の営みである「流れ」に女性的起源を発見しただけでなく、創造力が「声」と不可分に結びついていることを見出している。

声と言語

スナイダーが「阿吽」を引用したのは、声と息との関係にある。「息は外界から肉体に入り、鼓動を伴って、肉体の内側にある旋律の感覚と調和する。息は精神で「インスピレーション」である」（*RW* 123）と述べている。ＯＭやＡＹＮＧやＡＨなどの種のシラブルを何度も繰り返し、息が巻き上がると、息の循環によって、人間の内側と惑星との循環に到達する。

また「阿吽」の引用は彼が真言密教に関心をもったことが背景として考えられる。なぜならマントラの有用性について次のように述べているからだ。「マントラという詩の形式は、最も古い言葉の魔術というべきものである。また、マントラを歌うことは、肉体の呼吸のリズムと調和するものである。これは、肉体のリズムが外界のリズムに広がっていく可能性をもつ」[7]。彼は、マントラの妻、ブラフマ、想像力という、神話と自然生態を結びつけるエネルギーの流れを示そうとしているだけでなく、他に二つの問題意識を含んでいる。一つは非人間とのコミュニケーションあるいは交感の問題、もう一つは言語に対する問題意識である。前者はスナイダーが語る詩人の使命と関係している。後者は「マントラを唱える行、種子の語（言語）を唱えることは、根源的な音のエネルギーの段階に人を連れ戻す一つの方法である」（*TOW* 35）と述べているように、言語の音声と根源的エネルギーとの関係という問題性を孕んでいる。この問題を考察するために、言語に対する感覚が表現されている「水の流れの調べ」（Running Water Music）を取り上げよう。

Clear running stream
    clear running stream
Your water is light
    to my mouth
And a light to my dry body
    your flowing
Music,
    in my ears. free,
Flowing free!

With you
　　in me.（*RW* 64）

清らかな水の流れ
　清らかな水の流れ
あなたの水は私の口には光
そして私のかわいた体に一寸の光
　　あなたの流れ
音楽は
　　私の耳に。自由、
自由に流れる
あなたと一緒に
　　私のなかで

清らかな水の流れが「私」の口のなかに入って「光」となり、乾いた肉体を潤す「光」となる。水の流れの音それ自体が音楽となるが、それだけでなく、詩人の身体を媒介にして生命の音楽となる。スナイダーは「意思疎通のエネルギーを凝縮すると言語に帰着する。言語のある種の圧縮は神話に帰着する。神話の圧縮はわたしたちに歌をもたらす[8]」と述べている。この見解は、言語、神話、詩あるいは歌が、エネルギーの変化したものであることを示している。例えば、「流れる水の調べ」においても、「清らかな水の流れ」は波動＝妻＝声＝創造性の源となり、このエネルギーの流れは語り手にとって二人称的他者であるが、音楽となって肉体から歌い出すことによって、「他者」のエネルギーが「自己」の肉体のなかを自由な流れとなっていくことを表現していると考えられる。このようにして人間と自然とを隔てている境界が取り払われ、相互に融合した関係になる。また、これまでの関連で解釈すると、「清らかな水」の根源にある存在がブラフマ、仏法と考えられる。このような人間と自然の関係と知覚の問題を、さらに考察する。

Nobody understands the ANIMAL KINGDOM.

When creeks are full
The poems flow
When creeks are down
We heap stones.（*RW* 84）

だれも「動物の王国」を理解していない

小川が満ちると

詩が流れる
小川が枯れると
僕たちは石を積む。

小川の流れは水の波動、根源的な音であり、これが詩となる。「小川の流れ」という詩言語は人間間だけの共通言語でなく、非人間にもおよび、自然の営みそれ自体が詩であることを表現している。よって、「小川の流れ」という詩言語を通して、人間と非人間の双方が感受できる関係にあることを示していると言える。サンスクリットの詩学では、原始の詩は流れる水の音であり、木々に吹く風であったと彼は書いている（*TOW* 42）。詩人は「穀物の声」「すばるの声」「野性の声」「レイヨウの声」を代弁し、「シャーマン」の役割を果たしている。人間界に存在しない「他者」の声となることが詩人の役割となるのだ。

all you can about animals as persons.
the names of trees and flowers and weeds.
names of stars, and the movements of the planets
　　and the moon.
your own six senses, with a watchful and elegant mind.

at least one kind of traditional magic:
divination, astrology, the *book of changes*, tarot;（*RW* 40）

人として動物についてできることのすべて。
木々や花々、草草の名前
星の名前、惑星の運動と
　月の運動。

注意深く優雅な心をもって六感を働かせること。
占い、星座、「変化の書物」、タロットのような
伝統的な魔術に一つでも精通すること

ここで彼は詩人として、自分を取り巻く自然と惑星の動きを名づける必要性を感じている。木々や花々、草草に名前をつけることは他と区別し、愛情を注ぐことにつながる。「魔術に精通する」ことは、アメリカ先住民のように、自然や人間に対して親密な関わりをもつことである。この時期からスナイダーに詩人としての確かな自覚が顕れてきている。

自然、女性

スナイダーは、詩を生む想念の形成をこの時期に完成している。それは、妻＝波＝女性＝声＝創造的エネルギーである。これは言い換えれば、学生時代からの課題であった神話と地球、世界のあり方を融合した想像力の世界の発見であり、さらに、仏教の研究を深めることによって、神話、自然生態、仏教の三つの領域を融合している。彼にとっての創造的エネルギーとは、この時期より女性＝大地から生み出されている。大地から生まれるエネルギーは、彼の肉体感覚によるものでもある。マントラ即ち言語の種子は、歌として人間の内部と外部を循環する機能を果たしている。歌は想像力そのものが表出したものである。そして、自然との相互依存的な関係を育んでいくことにより、歌が自然現象そのものであることを発見することができたのだ。

スナイダーの日本滞在は、その後アメリカに帰国して「再定住」するための「仮の段階」となっている[9]。また諏訪之瀬島での生活は今後アメリカで自然と共存するための指針、「空、風、雲、木、水、動物たちと草木を友とする」[10]（*EHH* 143）を照らし出したと言える。六八年までに、スナイダーは五〇年代からもち続けてきた自身の問題を解決するある答えを見出しつつあった。「部族」のメンバーの一人の山尾三省は「日常生活の中にすべてがある。日常生活の中にすべての真実がある。だからまた、日常生活の中に深い悲哀も貌を現すのである」と述べている。スナイダーは日常生活において何を見出して生活しなければならないのかを日本滞在を通して学んでいったと言えるだろう。

また、スナイダーにとって日本滞在は、禅だけでなく家族をもつことによっても、非自己である自然を他者としてではなく、自分の一部として受け入れることを可能にした。こうして、再定住へと向かう準備が整っていく。神話、自然生態、仏教、家族の融合した想像力をアメリカという場所で実現していこうとする明るい光が芽生えてきているのである。

From the standpoint of the 70's and 80's it serves us well to examine the way we relate to these objects we take to be outside ourselves—non-human, non-intelligent, or whatever.（*TOW* 9-10)

七〇年代、八〇年代の立場から、非人間の存在で知性を有しないと考えられているわれわれの外側に存在すると考えていたものとの関わり方について今一度検討する必要がある。

スナイダーは他者性と二元論を越えようとしていると同時に、「私たち」がトップになるヒエラルキーの危険性を訴えている。自我をなくすことへの関心は、全生命の共同体というヴィジョンを経て、女性や自然という「他者」性の境界を越える段階に到達した。これは家族という修行の場で実現されていくことになる。

第四章　エネルギーと野性の詩学――『亀の島』

「波動」からこころを考える

詩集『亀の島』（*Turtle Island*, 1969）は、スナイダーが帰国後、アメリカ社会の現実に直面し、これまでの仏教修行の成果をアメリカ社会に投げかけていった作品である。彼が初期作品から「場所」に関心を示していたことはこれまで確認してきたが、同時に、『奥の国』『波について』に至るまでは、自分の「場所」がどこであるかを模索していたとも言える。例えば、『奥の国』は、西海岸から極東、インド、そして日本に戻るという詩人の軌跡が記録されている。『波について』は、最終的に家族をもつことにより、移動あるいは放浪が終わりを迎えた詩人の軌跡を記録したものと読むことができる(1)。ことに生活の変化によるものが大きいと言えるだろう。日本滞在を終える頃、家族をもつことによって、彼の視点は生命を育む家族が中心となり、自分だけでなく、家族がどう生きていくかに移りつつあったからである。

第三章までに、スナイダーの詩においては、波＝妻＝女性＝創造的エネルギー、つまり創造が女性によって生み出され、神話と自然生態が結びつき、さらに仏法を融合した「波動」のプロセスがあることを考察した。第四章では、この「波動」のさらなる変化を跡づけながら、「波動」「エネルギー」「野性」、そしてスナイダーのこころの問題を検証しよう。

家族

この時期にはスナイダーの三回目の結婚が大きな影響を与えている。家族をもつことによって、彼の女性との関係性、他者性がどのように変化していったのかを考察したい。

一九六五年に単身京都で暮らしていたときに、当時神戸大学で教鞭をとっていた金関寿夫は彼の学生の一人、上原雅をスナイダーに会わせる。彼女を会わせた理由は、上原雅が沖縄出身で、「彼女の家の近くで伐採をしていたから」だが、スナイダーは彼女に好意を寄せることになる。六六年、彼女は御茶ノ水女子大学大学院へ進学、スナイダーは「アメリカ芸術院賞詩部門」を受賞し、数々の大学で講演を行っている。彼は一年後の六七年三月に日本に戻り、八月に諏訪之瀬島のコミューンで雅と結婚式を挙げる。翌年に長男の開（カイ）が生まれる時期も重なって、作風が大きく変化する。

スナイダーは上原雅と結婚式を、八月六日の新月の日にバンヤン・アシュラムのクレーターマウンテンの麓で挙げている。次の詩「燃える島」（Burning Island）で、流れと女性、自分との関係性を描いている。波の神々、空の神々に語りかけ、母なる自然に語りかけ、最終的にすべてのものに語りかける。

O All
Gods　tides　capes　currents
Flows and spirals of
　pool and powers[2]—（*RW* 24）

ああ　すべてのものよ
神々よ　潮流　岬　海流
流れ　そして　淵の螺旋、力よ

「すべてのもの」は、男性の神と女神、「波動」をもつ自然物は、大地のエネルギーから生まれるもので男性的・女性的な存在の双方を包含している。

Bless Masa and me as we marry
at new moon　　on the crater
This summer.（*RW* 24）

この夏　新月の出る日に

この火口のふちで　結婚のちぎりを結ぶ
マサと僕とに　幸いあれ。

結婚に伴い、スナイダーは妻とともに生きることに決意を固めた。これは彼がもち続けていた女性への関係性が変化していくことを示している。結婚によって家族という場を通して、神話、自然、女性というこれまでの課題に再挑戦することになる。諏訪之瀬島での雅の妊娠、つわりの苦しみなどを見、妻と生まれてくる子への愛情を描き始める。そして、「愛」（Love）では、妻に対する愛情を率直に表現していくなかで、自分の精神の深層にある女性性の場が、共感の場へと変化している。「空のベッド」（The Bed in the Sky）は、「僕は君を抱きしめて暖かさのなかに沈んでいく　僕のおなかは君の大きなおなかから赤ちゃんが動くのを感じる」と書かれており、妻の体を通して新しい生命の誕生を感じ、喜びにあふれている。また、「今日のカイ（開）」（Kai, Today）は、長男開が誕生して、父親として喜びを伝えているだけでなく、子どもの誕生を通して、世界の大きな力とつながろうとするものである。

before Masa and I met
What's your from-the-beginning face?
Kai.
born again（*RW* 33）

雅と僕が出会う前
お前の始原の顔はどういう顔だったのか。
開。
また生まれた

「お前の始原の顔」、「また生まれた」という詩句は、禅の「父母未生以前」に関わるものだろう。息子開は、生まれる以前から、迷悟を超えた心を備え、違う生を生きていたかもしれない。息子の誕生は、スナイダーと雅の遺伝子をもった息子が誕生したことだけでなく、前世とは異なる新しい姿でこの世に姿を現したことでもある。「また生まれた」という言葉は、輪廻転生を想起させ、自分の息子の命を世界の大きな命の一部として捉えている。

「家を出ないで」（Not Leaving the House）は、スナイダーのターニングポイントとして重要だ。「開が生まれてから／僕は出かけるのをやめた／台所をうろうろ――コーンブレッドを作る」で始まり、生活が家族によって新しい展開となっていることが表現されている。このあたりから彼の詩は、自己の深奥を捉えようとする段階から、関心が「他者」、つまり家族やその営みの場へと向けられるようになる。この時期が、「再定住」へと向かう過渡期と言えるだろう。

Masa, Kai,

And Non, our friend
In the green garden light reflected in
Not leaving the house.
From dawn til late at night
　making a new world of ourselves
around this life.（*RW* 34）

マサ、カイ、
友だちノン
庭から射し込む緑の光のなか、
家を出ないで
明け方から夜遅くまで
　この命を囲んで
僕ら自身の新しい世界を作る。

光にあふれた部屋のなかで、「家を出ないで」とは、家族をもった喜びであるとともに、孤独や焦燥感を背負っての求道の放浪が終わりを告げたこと、つまり、安定した精神に向かっていることが言えるだろう。スナイダーが自分の場所を見つけ、そこに生き続ける決意が込められている。

Kai scampers on the sheepskin
Gen standing hanging on and shouting

"Bao! bao! bao! bao! bao!"

This is our body. Drawn up crosslegged by the flames
　　drinking icy water
　　hugging babies, kissing bellies,

Laughing on the Great Earth

Come out from the bath.（*TI* 12-14）

カイは羊の毛皮の上を跳ね回り
ゲンはつかまりながら身を起こし叫ぶ

バオ！　バオ！　バオ！　バオ！　バオ！

これぞ僕らの生身。炎の近くで脚を組み
　冷たい水に喉潤し
　子どもらを抱きしめ　お腹に口づける、

偉大な地球の上で笑う

風呂あがり。

「入浴」では子どもたちの様子からエネルギーを感じている。「これぞ僕らの生身」の「僕ら」という他者を含む所有格は、スナイダーの他者への感覚が変化したことによるものだ。そもそも西洋文化では詩神ミューズを「他者」として捉えていた、と彼は書いている。しかしスナイダーは、大地の営みが女性に起源をもち、さらに想像力のなかに女性的な存在を認めた。これは、彼の想像力にも女性的なものが存在していることを自覚するものである。さらに、家族をもつことを通して、女性によって生み出された息子を、「他者」でなく、自分の存在との広がり、二人称として考えることができた。これまで、自然＝女性という他者性をスナイダーはもっていたが、家族をもつことによっても、その境界を越えることができたと言える。

『亀の島』

ここで、七〇年代以降のスナイダーの立場が表明されている詩集『亀の島』の問題意識を探ってみよう。彼は詩集の序文で次のように書いている。

A name: that we may see ourselves more accurately on this continent of watersheds and life-communities—plant zones, physiographic provinces, culture areas; following natural boundaries. The "U.S.A." and its states and counties are arbitrary and inaccurate impositions on what is really here. (*TI*, Introductory note)

この名前（亀の島のこと）は、川の流域と生命の共同体――植物帯、自然地理学的地域、文化圏――からできた、つまり自然の境界に従っている、この大陸で、より正確にわれわれ自身を見るかもしれない。「合衆国」やその州や郡は、恣意的であり、ここに実際に存在するものに不正確な押しつけを行っている。

まずスナイダーは、「アメリカ」という名前を、アメリカ先住民によって語り継がれてきた創世神話に由来する名称、「亀の島」に呼び直すべきであると提案する。その理由は、土地が征服者あるいは移住者のものでなく、その土地自体固有のアメリカ先住民のものでなくてはならないという、人間と土地との新しい関係性を提示するためである。アメリカ先住民が人間ではなくその土地固有の動植物の植生にしたがっていたことを模範とし、人間と土地との新しい関係性を追究するスナイダーの立場の表明である。

また、前詩集で展開した「波動」については、序文のエッセーのなかで次のように書かれている。「われわれは、偉大な叡智と慈悲をもつ相互依存したエネルギーの場にいる」。「波動」が「エネルギー」という語に置換されているだけでなく、「仏法」も「偉大な叡智と慈悲」に置き換えられている。さらに、それらが相互依存しているあり方が付加されていること、世界全体がそれらのエネルギーの流れの場となっていることが挙げられる。また、彼は「詩が語るのは〝場〟であり、生命をつなぐエネルギーの道筋。それぞれの生命はこの流れに浮かぶ渦巻き、形をもった乱気流、一つの歌」と述べている。前詩集では、「声」「詩」は創造者ブラフマのエネルギーが伝えられたもので、女性がもつ波動を起こす力によって、「声」「詩」として機能していた。またスナイダーにとって、「波動」「女性」「創造的エネルギー」の同義性により、創造の女性性を認め、それが大地的なものであることを確認した。ここでの「エネルギーの場」は、広範囲の土地、大地と考えれば、「波動」「女性」「創造」の源となるエネルギーの宿る空間的領域であり、生命体を含む、全体を形成する「場」へと変化してきていると言える。これは、自分の居住する場所を決定したことと無縁ではない。

まず、前作からの「波動」のエネルギーがどのように現れ、変化してきているかを、「フレジャー・クリーク・フォールのそばで」(By Frazier Creek Falls) を通して考察しよう。

listen.

This living flowing land
is all there is, forever

We *are* it
it sings through us—

We could live on this Earth
without clothes or tools!（*TI* 41）

聞け。

この生き流れる　土地
ここにあるすべてのものだ　永遠に

私達は　それだ
それは私たちを通して歌う

私達は衣服や道具がなくても
この地球に生きるのだ！

詩人が「聞け」というのは、滝の音、水の波動だけではない。それらを含む「流れる大地」の音である。問題は、イタリック体の「*are*」であり、このような強調によって、詩人と大地という非人間との新たな関係が表現されている。また、「私達は　それだ」と、一見して人間と非人間である大地が一体化している文体となっているが、そこには条件がある。それは人間が大地の声を代弁するという関係性であり、そこには人間であることの優越はなく、人間と非人間の関係を模索するスナイダーの意欲が込められている。このような人間と非人間の関係には、彼が仏教の修行によって、自我を滅却し、自他の差別をなくすという長年取り組んだ研鑽の証が読みとれるのである。ところで、最終部分の「私達は衣服や道具がなくても／この地球に生きるのだ！」は、これまでの「波動」の詩と比べると、異質な感がぬぐえない。「フレジャー・クリーク・フォールのそばで」の詩の前半の内容と比較すると、飛躍が生じている。しかしこれは、『亀の島』全体において、前作からの継続である「波動」をテーマにしたものが少ないこととも関係している。たとえば、「波動」という言葉が直接使用されている詩は、「魅惑」で、雌馬の尾のしなやかな動きに触れているものだけだ。代わって多くなっているのは、物語、批判、主張の詩である。そのなかで、大きな変化の一つは、産業文明やそれを容認する政府への反発を顕わにした詩だ。例えば、「母なる地球、地球の鯨」は、七二年六月、スウェーデン、ストックホルムで開催された国連の環境会議に参加し、科学者、政治家、官僚を批判した詩である。スナイダーは、木や動物の声に耳を傾け、人間以外の生物に権利を認めるよう詩を通して訴えている。次に引用する一連の「怒りの詩」は、怒りをあえて表現することにより、現実の災禍に対峙しようとするものだ(2)。しかしこれによって、前作の「波動」や「仏法」とかけ離れたものになるのではなく、病魔に冒された「波動」を、「仏法」が及んでいる状態へなんとか取り戻そうとする手続きとなっている。

「前線」(Front Lines)は、次のように始まっている。

The edge of cancer
Swells against the hill—we feel
　　a foul freeze—(*TI* 18)

癌の峰の背は
丘に沿ってふくれあがる——私たちは
　　一つの邪悪な凍結を感じる

前作からの流れでは、「丘」は生命の波動によって形作られるもので、エネルギーの流れを表している。しかし、ここでは、癌、つまり文明の病魔で膨れあがっている。同様にして、前作においていて、空気は、空間の波動、あるときは仏法を伝えるものであったが、ここでは、「邪悪」を運んでくるものとして描かれている。詩人は、西洋文明が地球の生命にもたらした「邪悪」に対して、怒りを顕わにしている。引き続いて、

The jets crack sound overhead, it's OK here;
Every pulse of the rot at the heart
In the sick fat veins of Amerika
Pushes the edge up closer—（*TT* 18）

頭上のジェット機の破裂音、ここだから大丈夫
「Amerika」という病んだ肥大血管のなかで
心臓で腐った血が脈打つたびに
峰が盛りあがり、近づく

本来のアメリカを無視しているという皮肉をこめて「Amerika」と呼び、現在の合衆国自体がもつ自滅的な傾向、破壊的行為を批判している。(3) ここで「波動」を表す「脈」や「血管」には腐敗した血液が流れている。「病んだ肥大血管」とは、「エネルギー大量消費」と「「進歩」という名の物質的蓄積、政治、政治的勢力の果てしない拡大」が「制御できないままに成長し続ける癌」とな

ったことを意味している（*TI* 103）。先住民の土地「America」に開拓者として入植し、先住民から搾取するだけでなく、彼らの土地を破壊し尽くそうとしている「Amerika」が象徴する勢力に対して、スナイダーは、「こちらの砂漠は　今もパイユーツ族のもの／ここにこそ引こう／僕らの前線を」（And a desert that still belongs to the Piute / And here we must draw / Our line.）（*TI* 18）と対立姿勢を明確にしている。また、「野性の呼び声」（The Call of the Wild）では、

All these Americans up in special cities in the sky
Dumping poisons and explosives
Across Asia first,
And next North America,

A war against earth.（*TI* 23）

この空中都市に陣取る〝アメリカ人〟
毒と爆弾をぶちまける
まずはアジアの全域に
次は北アメリカ

これは地球にしかけた戦争

アメリカが広くアジア全域に「毒と爆弾をぶちまけ」ただけでなく、それが大地全体に及ぶものであることを批判している。さらに、「液化金属高速増殖炉」（LMFBR）では、液化金属高速増殖炉を「死そのもの」（Death himself）あるいは「死神」と呼び、その形状を「カーリーは死後硬直した男根の上で踊る」（Kali dances on the dead stiff cock.）と表現する（*TI* 67）。「破滅の日」（end of days）と結ばれ、地球環境の荒廃と破滅をもたらす原子力発電に依存する過ちを告発する怒りの詩となっている。スナイダーの怒りは、「エネルギー大量消費中毒」にかかり、エネルギーをめぐって勢力争いを繰り返すことや、石炭や石油を貪ることに飽きたらずに原子力発電に依存するといった、全生命の死をもたらす病魔に向けられている。

このように怒りを顕わにし、過ちを告発、追及する詩のなかで、怒りの状態を打開していこうとする詩が「悪魔降伏の呪文」（Spel Against Demons）だ。前半は怒りの詩として、終盤は詩を呪文として機能させようとしている。

The release of Demonic Energies in the name of
　　the People
　　　must cease
Messing with blood sacrifice in the name of

Nature
must cease
The stifling self-indulgence in anger in the name of
Freedom
must cease（*TI* 16）

人民の名のもとに悪魔のエネルギーを放出することを
やめなくてはならない
自然の名のもとに血なまぐさい犠牲にふけることを
やめなくてはならない
自由という名のもとに
息苦しいほどに怒りにふけることを
やめなくてはならない

核エネルギー開発、核実験、ＤＤＴなどの「悪魔的なエネルギー放出」、自然破壊、ベトナム戦争などの過ちをやめなくてはならないとまず表明する。

The Demonic must be devoured!

Self-serving must be
　　cut down
Anger must be
　　plowed back
Fearlessness, humor, detachment, is power
Gnowledge[4] is the secret of Transformation!（*TI* 16）

悪魔的なものは食い尽くされるべきである！
自己に耽ることは切り倒されるべきである！
怒りを埋めもどせ！
大胆さ、ユーモア、超然こそが力
叡智こそが変容の秘密となる！

「悪魔」「自己に耽ること」「怒り」という「精神的な病魔」を治癒し、平和な地球へ変えていく力になるのが、「大胆さ、ユーモア、超然、叡智」という精神である。これは、「フレジャー・クリーク・フォールのそばで」における「私達は衣服や道具がなくても／この地球に生きるのだ！」と通じるもので、全生命が共存するための意識の改革を提案するものである。スナイダーは、この「怒り」を「純化された完全なるものにもっていく役割をもつ」（he who turns Wrath to Purified

Accomplishment)（*TI* 16）不動明王を登場させ、詩の最後で呪文を唱えさせる。鈴木大拙は、「呪（Dharani）は魔術的な力をもち、また深い意味をもっている。それを唱えると悪霊は退治されてしまう」と述べている。[5] 鈴木が「災禍を除く呪文」「偉大な慈悲をもたらす呪文」を引用しているように、「呪文」は悪霊を除き、慈悲が施される状態に取り戻すものである。一連の「怒り」の詩は、不動明王の呪文によって悟り（全生命に慈悲が施される状態）へと導いていこうとする。「悪魔降伏の呪文」は、『不動三部作』にあるカリフォルニア水計画に抗議する「熊のスモーキー経」の一部である。スナイダーは大日如来をこの土地の神である、クマに置き換えた。そのクマが地球の災禍を救い、悟りの段階へ導いてくれるよう念じたものである。次第にこの怒りは鎮められた段階に到達する。

　スナイダーの詩における中心的なテーマは、『亀の島』で、「波動」から「エネルギー」へと変化した。大量のエネルギー消費に依存しているアメリカおよび日本では、エネルギー危機の問題に直面し、原子力発電という「病魔」のエネルギーを導入する。このようなエネルギーを平和な状態に回復するために不動明王の力を借りるが、彼は化石燃料という物資的な「エネルギー」だけに依存せず、もう一つのエネルギーを提案する。

Delight is the innocent joy arising
with the perception and realization of
the wonderful, empty, intricate,

inter-penetrating,
mutually-embracing, shining
single world beyond all discrimination
or opposites.（*TI* 113）

歓喜とは　相互に浸透しあいながら
互いに抱きあいながら
すばらしい、空の、からみあう
すべての差別や対立を超えた輝く一つの世界の
知覚と認識ともに
湧き上がる無垢な喜び。

そのエネルギーとは、「内側の力」（The power within）である。「喜び」を甘受できたときに生まれ、それは「無常や死を知りつつ、生きていることを喜び、これを受け入れ、克服することである」（*TI* 113）。喜びを保ち続け、このような心のありようを共有することが「病魔」のエネルギーに冒されないための抵抗力となる。

詩集『亀の島』において、「波動」という言葉は、「エネルギー」に置き換えられることが多くなり、現実の諸問題を捉えている。意識の深層、神話、自然の生成、そして仏法から導き出された

「波動」は、「エネルギー」の危機に直面し、今度はそれを治癒するための「エネルギー」となる。精神的な災禍を治癒する「エネルギー」を与え、病魔の状態から叡智や慈悲が施される状態へ取り戻す役割を不動明王に託しているのである。

スナイダーにとって、エネルギーの危機は、生命の危機、あるいは想像力の危機を意味し、また、生命のもつ、生き抜いていく遺伝子情報の存続の危機、あるいは多様性の欠如を意味する。その多様性を維持していくために、彼は次に何を訴えていこうとしているのだろうか。

野性

スナイダーは、「場所」との相互依存的な関係を通して、好ましいエネルギーの流れの概念を構築している。それは「野性」（Wildness）で、彼にあっては場所的なものとしての「荒野」（Wilderness）となる。「荒野」はアメリカの文学における自然の概念の伝統的総称である。スナイダーのウィルダネスは、ソローやジョン・ミューアが展開した概念の系譜のなかにある。[6]

スナイダーにとって、「野生」とは、荒野である、「ありのままの自然、自律的な生態系」という外的なウィルダネスと「内なる」ウィルダネスをもつことが特徴である。それは、「野生」を単に自然を指すだけでなく、命を司る力をもつものと捉えているからである。スナイダーの「野生」は、「野性」＝ワイルドネス、つまり生命のエネルギーの道筋を示し、仏教の経験をもとにした、生態的かつ仏教的なエネルギーの道筋を提示するものである。

『亀の島』の「荒野」（The Wilderness）において、スナイダーは「野生」について書き始めているが、「野性」の特質に詳しく触れるのは、十数年後の『野性の実践』まで待たなければならない。しかしながら、『亀の島』では、「人間以外の存在を含んだ、すべての領域からの代表を受け入れる新しい人間主義、新しいデモクラシー」を提案し、これを「エコロジー的な自覚」と呼ぶなど、人間中心的な視点を排除した新しいエコロジー意識を提言している（*TI* 106-110）。

『野性の実践』において、具体的に「野性」を定義することになるが、そこでは、「野性」とは、中国の「道」に近く、「自らを形成する力」をもっており、仏教の「空」であり、「元型的な力の宿る場所」である。また、「無意識の世界はわれわれの内にあるウィルダネスの領域」であり、「言語に内在する力」は野性の側にある、としている。このようにして見てくると、スナイダーの「野性」とは、道家の「道」、仏教の「空」、ユング心理学の「無意識」といった、彼の言語意識を共有する視座を提示するものと言えるだろう。これは、三章で考察した、「波動」が提示する、神話、自然生態、仏教、エネルギーの領域の重複と類似している。「波動」のエネルギーを見出したことが、「野性」を提起することにつながっていったのだ。スナイダーの想像力は、自然生態、心理学、神話、仏教の要素を融合させる特質がある。これら四つの要素は、彼が大学時代に「人間性を理解する」ために、神話研究や言語学研究に向かわず、仏教に向かった理由と通底するものだ。彼にとって、自然生態、心理学、神話、仏教は「人間性を理解する」のに不可欠な要素だった。しかし、仏教の研究を継続していくなかで、人間性とは人間だけに向かうものでなく、自然全体に向かうべきで、それが、「野性」という概念の発見に到達したと言える。

それでは、次の「あいだ」（Among）で「野性」のエネルギーについて考察したい。

Few Douglas fir grow in these pine woods
One fir is there among south-facing Ponderosa Pine,

Every fall a lot of little seedlings sprout
around it—

（…）

The next year it was dry,
A few fir made it through.
This year, with roots down deep, two live.
A Douglas fir will be among these pines.（*AH* 10）

これらの松の森では米松はほとんど育たない。
一本の米松が南向きのポンデローサ松のまわりにある。

毎年秋になるとたくさんの小さな種が芽を出す
そのまわりに——

（中略）

翌年は乾燥していて、
何本かの米松が生き残った。
今年は、根っこは深くなり、二本が生き残った。
一本の米松はこの松の間にいつづけるであろう。

米松、ポンデローサ松は、スナイダーの住むカリフォルニアに生息する松で、米松は、大きなポンデローサ松の「まわり」で育つ。乾燥して、ようやく育った米松が二本、またこれらのまわりで一本ずつ育っていく。米松の種が芽を出し、育っていくためにはそれを守ってくれる大きな木が必要で、その「まわり」で成長をするのだ。大きな木の「まわり」で次の命がつながっていく力が描かれている。

次の「頂上に」(On Top) という詩は、培養土ができるプロセスを描いている。

All this new stuff goes on top
turn it over　turn it over
wait　and water down.
From the dark bottom
turn it inside out
let it spread through, sift down,

even.
Watch it sprout.

A mind like compost.（*AH* 11）

これらすべての要素は上にあがる
ひっくり返せ　ひっくり返せ
待って　そして水は下に行く。
暗い底から
内側のものをひっくり返せ
広がるようにし、下にしみ込ませる
均一に。
見よ芽が出るのを。

コンポストのような心。

養分は上にあがり、水分は下降しながら、循環を繰り返して要素が均一になる。培養土ができあがるプロセスを描いている。培養土は、無機質から有機質へという再生プロセスを経てできあがる。

このプロセスは野性の働きによるもので、これによって新しい生命である「芽」が生み出される。最後に「コンポストのような心」と結ばれるが、「こころ」にも野性のエネルギーが存在し、新たなエネルギーを生み出すことができることを表現している。[7]

こころと詩

ここでスナイダーの「こころ」のありよう、禅との関係について再度考察したい。

彼はこれまで、「食べる・食べられる」というテーマを扱いながら、「動物と植物は相互依存して生きていて、自然のなかでは絶え間なくエネルギーが交換されている」という視点を照らし出そうとしてきた。次の詩は「猟師を前に仏陀の戒めを説くべからず」(One Should Not Talk To A Skilled Hunter About What is Forbidden By the Buddha) で、その一例である。ただし引用部分は第三スタンザ。第一スタンザでは、捕獲したメスキツネの重さが記録され、第二スタンザでは、スナイダーは息子カイ(開)の勧めで、皮を剝ぐ前に般若心経を唱える。

ところで、スナイダーが『空間における一つの場所』で繰り返し触れているのは、仏教の根本的な道徳的戒律「不殺生」(「アヒンサー」)である。[8] 彼にとって「不殺生」は、これまで個人的な生活レベルの問題から始まり、地球全体の生態系を捉える上での重要なテーマとなってきた。例えば、彼自身はキットキットディジーで養鶏の経験のなかで、増えすぎた若鶏を食べ、また寿命がきた雌鶏を食べた経験から、「不殺生」と生きるために食べることの矛盾という問題に直面してきたと語っている[9] (*APS* 66)。したがって、スナイダーの「不殺生」は、生きているものをまったく殺さないという立場ではない。タイトルの「猟師を前に仏陀の戒めを説くべからず」は、香厳智閑禅師の問答の引用である。[10] 猟師には「本師戒」を説くべきであるのに、説くべきでないという言説には逆説が生じている。同様に、スナイダーもキツネを殺して、皮を剥ぐべきではないにもかかわらず、般若心経を唱え、そして皮を剥ぐ。

Stomach content: a whole ground squirrel well chewed
plus one lizard foot
and somewhere from inside the ground squirrel
a bit of aluminum foil.

The secret.
and the secret hidden deep in that.（*TI* 66）

胃の中味：よくかみ砕かれた地リス一匹丸ごと
それにトカゲの足一本
地リスの体の内側のどこか
アルミニウム箔のかけら

秘密

さらにその奥深くにかくされた秘密。

この詩でまず問題となるのは、猟師の前で「不殺生」を説くべきでないという香厳禅師の言葉をなぜ引用したのかである。これはスナイダーにとって生きるために食べることと、「不殺生」が常に問題であったことと関わっている。「不殺生」は本来普遍的な戒めであるべきだが、実際、猟師の前ではそうではない。「秘密」という言葉に、この問題を解く鍵がある。

キツネの胃袋には、リスやトカゲの死と引き替えにキツネの生があったという事実が存在している。反面、体内で消化されずに異物として残ってしまった、人間のゴミである「アルミニウム」を発見する。ここでは、この人工物が象徴する問題については提起をするのみである。スナイダーは、胃袋の中身が「秘密」であると表現する。彼は、食べ物とは私たちが日常的に世界を「殺傷」する意味を探求する領域で、修行によって、複雑に相互依存するこの世界に存在する苦痛と美の両方を認識しうる視点（*TI* 77）をもつべきだと書いている。胃袋の中身に見られた「秘密」は、食べられる行為に伴う苦痛と、これを通して命がリレーされていくというエネルギー循環の喜びが同時に込められている。これは、彼が若い頃に詩に書いた、「人間のことをかわいそうに思って、動物の方から、命を預けにやってくる」というアメリカ先住民の人間と自然との関係性に類似している。

しかしながら、この詩においては、殺生を禁じているレベルと実際には殺していながら不殺生を実践する認識レベルが存在する。このようなこころのありようとは何なのか、「秘密」とは何なのかは、明らかにされていない。そこで次のエッセーからの引用を通してさらに考えてみる。

ある人は、例えばボブキャットの仏の領域においては「アヒンサー」の実践とはどのようなものか疑問に思うだろう。道元が「龍は水を宮殿と見る[11]」と言ったように、ボブキャットにとって森は優雅な食堂であり、そこではウズラに対し静かに感謝の偈をささやき、(こころのなかで)悪鬼や飢えた亡霊たちともウズラを分かち合っている。「仏とともに学ぶ者は、水を見るときに人間の視点に限定されるべきではない」(「山水経[12]」)(*APS* 72)。

人間の視点では、ボブキャットがウズラを殺している。スナイダーの解釈する「仏の領域」では、ボブキャットはウズラを食べているが不殺生を実践している。ここでも、殺生をしている現実のレベルと、殺生しながらも不殺生を実践する二つの段階が存在している。あるいは次の詩「渓谷のミソサザイ」(The Canyon Wren)ようにも書いている。

　　　　above the roar
　　hear the song of a Canyon Wren.

A smooth stretch, drifting and resting.
Hear it again, delicate downward song

　　ti ti ti ti ti

ti ti　　ti ti tee tee tee（*AH* 110）

（…）

Dōgen, writing at midnight,

"mountains flow

"water is the palace of the dragon

"it does not flow away.（*AH* 111）

轟く水の音、その高みから
キョウコクミソサザイのうたが聞こえる。
なだらかな流れに、ただよいそして憩う。
また聞こえる、下降調のしらべ
　　チィ　チィ　チィ　チィ　チィ　チィ　チィ

（中略）

道元は　深夜に書いている
「山は流れる
「水は龍の宮殿
「それは流れてはいかない

この詩を書くことになった経緯は次のように書かれている。「友人とともにミウォーク郡とサンジョアキン渓谷を流れるスタニスラウス川をボートで下っていた。この川はダム建設により水没する予定の場所であった」。詩の最終部分で、「つかの間のこれらのうたは　生まれては消える　わたしたちの耳を清めて」と書いているが、そのときのミソサザイの鳴き声が耳に残って詩に書いたと述べている（*AH* 112）。この引用部分には二つの問題点がある。一つは、ミソサザイと詩人との関係である。この関係を考えるために、エッセー集『空間における一つの場所』の「言語は二つの道を行く」を取り上げる。ここでは、言語が人間独特なもので、知性に溢れ、言語によって世界を文明化していくという旧来の、ヨーロッパの伝統的な考え方に反して、スナイダーは、言語は生物的なもので、言語が世界を反映し、「野性」的なものであると定義づけている。この言語に対する感覚を踏まえて、ミソサザイに触れている。「藪のなかでミソサザイを見て、「ミソサザイ」と呼んで尊大にも歩き過ぎていくことは何も見なかったことを意味する。ミソサザイを見て、立ち止まり、観察し、その存在を感じ、しばらく我を忘れ、藪の木陰に立ち止まっていること――そのとき、われわれは「ミソサザイ」の存在を感じたと言えるかもしれない。それは世界と一つになった重要な瞬間である」（*APS* 179）。「ミソサザイ」と呼んで歩きすぎることは、人間中心の視点である。そうではなく、人間であることを忘れ、ミソサザイになったとき、ミソサザイの鳴き声は歌である。もう一つの問題は、この詩のなかで道元を引用している点である。山は流れ水は流れないという逆説を半括弧で引用している。ここでのこころのありようは、人がミソサザイが鳴いているのを聞いているレベルとミソサザイが歌うレベル、山は流れず水は流れているレベルと、山は流れ水は流れないレベルが存在している。つまり、スナイダーのこころでは、主体と客体が入れ替わっている。これは、彼が「詩は表現できることとできないことの間にある剃刀の刃である」と指摘していたことと大きく関わっている。その境界の領域については次のように語っている。

その境界はたぶんこのようなものである。もしあなたが聞き手になんら特別な期待をもたない区域にいるとしたら、あなたはただ歌をつくり、詩のなかにいる。もしも、あなたが求め、聞き手から特別な訓練を求めれば、また、この詩を聞く前に二週間の瞑想をしなければならない。たぶん特別な食事を維持しなければならないと言ったとすれば、シャーマン的で、宗教的な実践の特別な領域に到達することができる。そうすれば、シャーマン的な特別な訓練の領域のなかで、メッセージは伝えられ、物事は教えられ、歌は歌われるのだ。しかしこれはとても特別な世界であり、ほとんどが熟達した世界である。私たちは詩を特別な実践から、いわば人間同士の対話の開かれた領域、そこでは詩を誰にでも告げることができる領域へもってくる。[13]

「表現できることとできないことの」境界では、特別な訓練によって到達できる境地がある。[14] その境地とは、主体と客体が入れ替わったこころのありようであろう。この状態は「空」であり、スナイダーにとっては「野性」である。しかし、彼は読者にその境地に到達するように求めるのではなく、そこから言葉を運んでくることが詩人の使命であるとする。さらに、詩におけるエネルギーを呼び起こす構造が、渦巻（a whorl）であると指摘している（*TRW* 44）。渦巻きは、こころのなかで循環する野性の力である。

An Owl winks in the shadow
A lizard lifts on tiptoe
        breathing hard
The whales turn and glisten
        plunge and
Sound, and rise again
Flowing like breathing planets
In the sparkling whorls

Of living light.（*TI* 49）

フクロウが陰でまばたきする
トカゲが爪先立ちになる
　激しく呼吸をし
クジラは回転し、きらきらと輝く
　突っ込みそして
音を立て、またあがる
呼吸する惑星のように流れている

生きている光のきらめく渦巻きのなかで。

この「母なる地球、その鯨」（Mother Earth: Her Whales）では木陰にとまるフクロウ、土のトカゲ、海を泳ぐクジラなど、さまざまな生の形と動きが生の光の「渦巻き」の様相になっていることが描かれている。渦を巻く野性のエネルギーの中心には、生の光が輝く(15)。

最後に、スナイダーの詩の実践について触れておかなければならない。スナイダーは、サンフランシスコの仏教会を通して、動物保護運動にも関わっている。サンフランシスコの仏教会の会誌に、

「すべての動物に慈悲を施さなければならない」と、また、「仏教徒は世界のはたらきにエネルギー、喜び、思慮深さをすすんでもたらすようにすることが使命」であり、「すべての人々、すべての生命を守るよう私たちに働きかける」と書く。[16]『空間における一つの場所』でも、「相互関係、もろさ、必然的なはかなさ、痛みを深く認識することは慈悲の心を喚起する」と述べ（*APS* 103）、また、"Buddhist concerned for Animal" The Practice of Non-Injury という運動にも加わっている。[17] この時期は、スナイダーをはじめ、アメリカ人の仏教徒たちが、仏教の慈悲の心をエコロジーと融合させた運動を展開していた。スナイダーの友人であるロバート・エイトケン老師[18]（Robert Aitken）も、仏教徒のエコロジーは慈悲の心を施す役割をもち、人間以外の他の生命とのバランスを調整することが必要であると述べているが、これはスナイダーのエコロジー意識と共鳴するものである。[19]

また、アメリカ在住の仏教徒が道元の『正法眼蔵』の翻訳プロジェクトを進めていったのもこの時期だ。スナイダーは、仏教の修行や、再定住やエコロジーの概念を中心にした倫理を創造し、道元に大きく影響を受けていると述べている。一九八五年、道元の『正法眼蔵』の翻訳、"Moon in a Dewdrop" が出版され、スナイダーも序文を寄稿している。[20]

スナイダーのエコロジー意識は「場所」に焦点を合わせ、人間であることの新しい意味を照らし出そうとする。このヴィジョンは、「ディープ・エコロジー」と呼ばれ、彼に関わりのある僧侶を中心とするメンバーの研鑽のなかで形成されてきた。ジョージ・セッションズは、「人間中心主義、原子論、機械主義に対するオルタナティヴとしての新しいエコロジーの視点」をディープ・エコロジーと名づけ、絶滅に瀕した野生の領域の回復を訴えている。[21] ビル・デヴァル[22]は、仏教に基づくエコロジー思想の必要性を論じている。[23]

新しい思想は未来の自然国家の出現を見通している。（例えばすでに「イヌイット・ネーションン」[24]が北カナダ全土にわたり、アラスカ、カナダ、グリーンランド、そしてシベリアのイヌイット族の絆を強めている。）生態地域主義の運動もまた「亀の島」（北米）における自然国家の形成を求めている。この生態学的・詩的思索は、まず北アメリカにおける国境線――アメリカ合衆国とカナダおよびメキシコ間の政治的境界――がどのように生物的・文化的景観の現実を覆い隠すことができたかという分析から始まる。

それは新しい思想であり、北アメリカ大陸とその人間と人間以外の暮らすものたち――そしてその生態系や流域――を学び、愛し、尊敬することを選択する者はどのような文化的・人種的背景があろうと、誰でも名誉アメリカ先住民のようなものになれるという思想である。（*APS* 217-218）。

この思想は、場所をともに生きる生物としての意識を形成し、ディープ・エコロジーの運動を通しての研究の研鑽が示されている。それは第一に、アメリカ先住民の自然と人間の関係になるためには、生態学的・詩的思索が不可欠であること。精神の深い段階で、自然と人間の関係を認識できる感性をもつことが詩的思索となる。第二に、自分の住む生態系や流域に強く関わる「場所」の詩人であること。アメリカ先住民の自然と人間との関わりを理想としたが、自分はアメリカ先住民になることはできず、「場所」の詩人として生きることを選択した。仏教がアメリカ先住民への思いと「場所」を結びつけてくれた。これまでスナイダーとアメリカ先住民を隔てていた制度、それ自体の枠組みを再考することにより、「文化的・人種的な背景」を超え、「場所」によって結びつくことが可能となったのである。スナイダーの長年に及ぶ模索は、ナチュラル・ネーションという新しい思想によって、完成を迎えている。

『亀の島』におけるヴィジョン

スナイダーは、『亀の島』において、これまでの「波動」「エネルギー」「仏法」のテーマを継続させつつ、社会の諸問題、つまりエネルギー危機に直面して、別のテーマとなる詩を書くようになる。これは、化石燃料の大量消費がエネルギー危機を生み、これをめぐって戦争や原子力発電という「病魔」を生み、生命のエネルギーが「病魔」に冒されていることに対する怒りの詩である。これを治癒し、慈悲が施される悟りの状態に保つために、その立場を不動明王に託す。彼はこのような「病魔」に冒されたエネルギーをあるべき姿に戻す規範として、「野性」という生命の視点を生み出した。

スナイダーは全生命の規範として、ウィルダネスつまり野性を定義しているが、ここには、自然生態、心理学、神話、仏教の空の視点が融合されている。彼のヴィジョンの特質は、「野性」の視点へと継承されていっている。

「野性」のエネルギーは、内側から外側へと循環する力を内在させており、こころも同じような動きをすることを描いている。こころでは、主体と客体が入れ替わった状態で、スナイダーのなかでは「空」と結びついている。彼は読者にその境地に到達するように求めるのではなく、そこから言葉を運んでくることが詩人の使命であるとする。彼は詩におけるエネルギーを呼び起こす構造が「渦巻き」（a whorl）であると指摘している（*TRW* 44）。渦巻きは、循環していく野性の力であると同時に、こころのありようでもある。

スナイダーの生態地域主義とディープ・エコロジーは、ナチュラル・ネーション（自然国家）の実現を展望することになる。彼のエコロジー意識は、「新しい民主主義」と呼ばれたが、「ナチュラル・ネーション」という思想を生むことになった。

第五章　環境詩としての『終わりなき山河』

『終わりなき山河』の構想

これまでスナイダーの問題意識が神話、女性、自然生態、禅であり、それらが互いに絡みあうプロセスを考察してきた。これらは一見して独立した領域でありながら、彼にとっては意識の深層で互いに結びついたものである。その結びつきは、まず「波動」となって表現され、詩集『亀の島』以後、「エネルギー」そして「野性」へと受け継がれた。エネルギーは、それを呼びこむ構造、内側から外側へと循環する「渦巻き」へと発展した。渦巻きはスナイダーの想念の世界であり、詩的想像力の源である。彼はそこから言葉をもってくるという。野性には、アメリカ先住民の神話、自然生態、禅の「空」が備わっており、彼の初期の関心事が確実に受け継がれていることを示している。ここで忘れてはならないのは、これらの関心事の根底にあるものが「場所」であるということだ。これは場所とすべての生命とがいかに関わり生きていくかを一貫して追究してきたことを反映している。

代表作である長編詩『終わりなき山河』（*Mountains and Rivers Without End*, 1996）は、「場所」への関心とともに、神話、女性、自然生態、そして禅が相互に絡みあった作品だ。また、宋時代の山水画「渓山無儘」から着想を得、若き日に影響を受けたT・S・エリオットの『荒地』の断片化、並列、寓話、引用の手法や、エズラ・パウンドの長編詩『キャントース』の詩的技法を継承した作品である。着想については詩集の巻末に収められた「終わりなき山河ができるまで」に端的に書かれているので以下に引用する。

禅への関心からサンフランシスコの「アジア研究所」に通い、創設者の一人アラン・ワッツの講義にでかけると、長谷川三郎という画家の講義が行われていた。一九五六年四月八日、灌仏日の日に、長谷川先生に茶の湯を習い、雪舟の画について教えてもらったあとに「終わりなき山河」の長編詩の作成を思いついた。その後日本に向かった。日本で能を多く見るようになり、能の劇的戦略を生かしながら書いてみようという構想を思いつく。同時に自分のルーツが北アメリカであることを忘れないようにした。（*MRWE* 156-157）

禅、山水画、能、自分のルーツたるアメリカという場所の意識といった要素が端的に言い表されているようだ。とはいえ、上記の構想は、一九九六年の本詩集に記載された内容であり、こればかりだと思うと『終わりなき山河』の全体像やスナイダーの意図を見失う可能性がある。『終わりなき山河』が構想から刊行までおよそ四十年を経ていることを鑑みると、創作における時間のギャップがありそうだ。まずこのギャップを埋めることから読み進めてみたい。五九年の構想時にアレン・ギンズバーグに送った書簡のなかに次のようなものがある。

昨晩、『終わりなき山河』の必然的計画を表明するか顕にするようなすごい夢をみたのだ、それは「空間」、空間における時間の疑問を育んでいて、つまり、距離感、旅の中心、ニューヨークへの六時間の飛行や小川からある湖まで歩いたり、アデンやオマーンを遠くから眺めたり、縞の第三角帆船がちょうど紅海を針路をそらし、町でちょうど起こっていること、安いワインが数種類など[1](letters to Ginsberg, 13, I, 59)

スナイダーにとって啓示となる夢、あるいはこの作品を執筆する必然性が夢に現れてギンズバーグに書き送ったのであろう。スナイダーの場所への強い関心、そして時空間の超越、世界各地を瞬時にめぐること、などが書かれており、詩の骨格を裏づけることになりそうだ。「時間なき時間」については、鈴木大拙が説明していることから、禅的な視点と言える。このような着想を得た後、六〇年代から九〇年代まで、仏教と道元、場所の意識、神話と能を織り交ぜながら、四十年を経てこの長編詩を完成させた。詩人のロバート・ハスは『終わりなき山河』に収められた全作品の時系列を以下のように指摘している。スナイダーのビート時代と日本滞在を反映した六〇年代を舞台とした第一部、ネヴァダシティに定住し家族を育てた七〇年代と八〇年代初めを舞台とした第二部、環境保護者、仏教伝道者として広く旅した八〇年代を舞台とした第三部から成っており、スナイダーは九〇年代にカリフォルニア大学の教授の職を辞し、この詩集を完成させた[2]。

実は、一九九六年に出版された『終わりなき山河』の先行版と言えそうなものがある。それは六五年に出版された『終わりなき山河からの六編』(*Six Sections from Mountains and Rivers Without End*)という冊子である。ここには「バブクリークへアカット」「エルファ川」「ナイトハイウェイ99」、「天国にいるサンフランシスコ女神への賛美」「市場」「旅」が収録されており、主に九六年版の第一部と二部にも分けて収められている。これら六編に共通する特徴は、まずスナイダーが場所を強く意識している点を挙げることができる。加えて、その場所の風景が次々と変わる断片的風景と同時進行性を有する傾向がある。とくに、「ナイトハイウェイ99」と「市場」にはこの特徴がはっきりと見てとれる。これら「断片的風景詩」のなかには夢の世界を描き、深層心理を表出しているものもある。それが「エルファ川」「旅」である。また、即興詩として「バブクリークへアカット」があり、六〇年代のジャズ文化など時代を強く反映しており、その即興性ゆえに場所の風景が次々と変わる断片的風景詩となっている。

この『終わりなき山河からの六編』を下敷きとする九六年版『終わりなき山河』の四部構成が特徴づけるものは、絵画「渓山無儘」をもとにした空間的展開で始まり、時間、神話・女性・女神、場所、仏教、とくに道元の『正法眼蔵』であるだろう。また、環境批評からは『終わりなき山河』における環境中心的な視点が現在注目されており、例えば、スコット・ブライソンは、『エコポエトリー――批評導入』の序文で、スナイダーの詩をエコポエトリー(環境詩学)として評価しているのである。

それでは、『終わりなき山河』の一つの読み方を提示しようと思う。

「エルファ川」論争

問題作「エルファ川」から始めたい。以下に九六年版の全文を引用しよう。(原文略)

私は少女でボーイフレンドが来るのを道のわきで待っていた。私は妊娠していた。高校に行かなくてはならなかった。私は道を歩いていたが橋の上に彼は来なかった。私は眠っている人を見た。エルファ川にでた。学校での授業で、子どもたちとともに座っていた。教師は若く悲しい顔をしていて、真顔でエッセーの宿題を出したのだった。私は次のように書いた。

「私はエルファ川のたもとでボーイフレンドが来るのを待っていた。橋はセコイヤで内側の樹皮がまた丸太についている新しい橋で、香りがよかった。彼はハエの箱を頭に抱え、地面においた。エルファ川の橋は草原のわきで、橋が枝別れになっている場所に石の棒がある……」

考えて、これを先生は喜んでくれるだろうと思った。書いたものをみんな提出して、返却された。私の成績はCマイナスだった。そして子どもたちは帰宅した。教師は私のところに来て、こう言った。

「あなたのことが嫌い」

「どうして」
「だって私は男だったのよ」

エルファ川、私が説明したのは本当の川で、私が描いたものとは違う。私が歩いていた場所は本物で、夢の川を書いた。実際にはエルファ川はそこで枝分かれしていない。

私がこれを今書いているのは、別のエルファ川があると覚えておかなくてはならないので、実際のオリンピア半島の川、それは夢のなかで本もののように思い出そうとして苦労した川ではない。

オレゴン州南カリー郡の北にセコイヤはまったくない。（*MRWE* 32）

「エルファ川」は、六五年版に収められており、創作年は五九年、当時スナイダーが関心をもっていた夢、意識の深層がもとになっている。その夢は日記に書かれていて、驚くことに、「だって私は男だったのよ」ではなく、「娼婦（whore）だった」と記されている。アンソニー・ハントは、スナイダーが当時能に通い、ダン・マクレード宛の書簡において「『山姥』と『江口』は興味深い」と書いていることから、「エルファ川」は『江口』の「省略的ミニチュア」であると指摘する。謡曲『江口』は、旅の僧が江口の里のある淀川に来て、宿を借りようとして西行の歌を口ずさむと、かつて遊女であった江口が現れ、この世の執着を捨てるように説く。ハントは、「エルファ川」の

「男」が遊女であった江口の君に相当し、語り手（少女）が出された成績「Cマイナス」は、西行が江口から断られた不満だと理由づける。確かに、謡曲『江口』の場所は川（淀川）、遊女が登場し、彼女の妄執を嘆くが、ハントの指摘は少々無理があるだろう。登場人物や場面設定などの部分的な類似点があるが、能を翻案するには未完成である。むしろここでは、実際、「エルファ川」が、前述の五九年の夢を記録することに重きを置き、禅の修行の蓄積により意識が深化していくことに強い興味をもっていた時期と考えるべきだろう。したがって、当時は能にも興味がある時期ではあるが、能を翻案した詩作と考えるべきではなく、むしろ、風景や意識の深化、能については、夢との関連で複式夢幻能の構造に興味があったと考えるべきであろう。この点に着目して、スナイダーの夢の世界における表象についてもう一度検討してみたい。

「旅」――夢で何を描きたいのか

本詩集において、夢あるいは精神の世界を描いた詩は、まず第一部の「エルファ川」と第二部の「旅」があり、それらでは語り手である人間の夢が扱われている。また、第三部、第四部では、ウォウウォカのゴーストダンスの夢の詩、「山の精」における大地がみる夢など、夢は人間だけがみるという人間中心な視点だけでなく、動物や植物、大地自身も夢みる、生命中心の視点で描かれている。大地の夢は、遠い過去の記憶を呼び起こすだけでなく未来にも及ぶ。

ここでは、心理の世界を九部構成にしている「旅」を取り上げてみよう。「旅」については、パトリック・マーフィーが「夢のイメージと歴史的記憶の相互浸透である」と述べたほか、ハントも同様の意見を述べている。(3) そこで、夢のイメージと歴史的記憶について考えるために、一、二、八、九を引用してみよう(原文略)。

旅

一

ゲンジがパタパタする灰色の鳥をつかまえてきた。
けがをしていたので、石炭用のシャベルに打ち付けておいて
固くなって、まっすぐになって、幾何学的になって
かなりの大きさで輝き始めた。私は両手で鳥を頭の上に乗せ、
膨れるように引っ張り、頭を両脇に振った。
その鳥は一人の女になって、私は彼女を抱きしめた。僕たちは
手を取り合って薄暗い階段を下り、だんだん速く数えきれないほどの
迷宮、すべて地下であるが、を通り抜けた。
そのとき、地面にさわり、また下っていった。
私たちは心のなかに路線地図をもっていたが、ますます複雑になっていった
そして、その絵を失いそうになったときに、
女は、新鮮な味のする林檎に変わったのである

彼女の口から僕の口へうつした。そこで目が覚めた。

二

海岸に向かう深い森を抜けていくと
眺めることができる白い砂浜にたった。
低地の沼地や草原をながめる
そこで、寒々しい清らかな風でオリンピック山脈を
眺めたものは誰もいない。

八

ルーとともにバスに乗り山を登り
ワシントンの海岸に沿って錆びついた道
セコイヤの森を抜けた。
ほとんど誰もいないバスの後部座席に座り、
話をし、ずっと乗っていた。
黄色の葉がはらはらと落ちてきた。時々
小さな町を通り抜けた。泥まみれの小屋が
木の暗い森にあった。

河口と砂丘に続く海岸。僕は昔
一度だけここに女を連れてきたことがある、
しかしあまりにも速く通り過ぎた。

九

僕たちは山に向かう長い川について行った。
最後に峰に出、そこで深いところまで眺めることができた
遠くに見える頂は岩だらけ、で不毛、アルペンの木々がある。
興さんと僕はある崖の一点に、岩だらけの峡谷を見ながら立った。
興さんは「死に場所に来た」と言い、僕は「山の向こうだ、つまり
もっと山の向こうのことだ」と言った。
「死後の世界」私は僕たちが旅している土地のように見えるなと思い、
なぜここで死ななくてはならないのか理解できなかった。
興さんは私を摑み崖から私を引っぱった。
二人で落ちた。僕はぶつかり死んだ。僕はしばらくの間自分の死体を見、やがてなくなった。興
さんもそこにいた。僕らは谷の底にいた。峡谷をさまよい始めた。「これが奥の国への道だよ」
（*MRWE* 54-58）

スナイダーが幼少時代から眺め登山した原風景であるオリンピック山脈やワシントンの海岸等具体的な場所が登場し、その土地の植物が描かれる。次にゲンジの捕まえてきた鳥が女性に変化し、彼女と一緒に闇の世界に入っていく。ゲンジとは、「旅」が六五年の日本滞在中に書かれたものであり、また、当時スナイダーが能の鑑賞に頻繁に通っていたことから、『葵上』に登場する光源氏または源氏を想起させる。鳥については、スナイダーの五一年の卒業論文「ハイダ族の神話における諸相」において、ハイダ族に伝わるガンの物語を分析するなかで、雁女の花嫁が登場する。日本の「鶴女房」の話の中心にも鶴が女性に変身して男性と結婚するエピソードがあるように、鳥が女性に変身するといった神話や伝承があり、個人の心の奥に集団的無意識が潜んでいるとユング心理学では分析される。語り手は迷宮を通り抜け、深い森から砂浜へ出る。そこで、女性はリンゴに変わり、この変身からアダムとイブのイメージが連想される。そのリンゴを彼女から語り手に口移しをして目が覚める。その後、海岸に向かう森をぬけていく。第八節は、大学時代からの友人の詩人のルー・ウェルチが登場する。彼はスナイダーの家から失踪し、帰らぬ人となった。筆者は二〇〇九年にスナイダー宅を訪ねた時に、ウェルチが消えたその森をスナイダーから教えてもらった。ウェルチとともにセコイヤの森を抜ける。暗い森で、女性との関係を思い出す。ここで語り手は女性との関係を思い出すだけで、女性の本性が露わになったりするなどの伝承的な結末にはならない。九において、興さんと崖を歩いている。「ここが死に場所だ」と興さんは言うが、語り手は死に場所は山の向こうと言う。興さんは語り手を摑んで崖から落とす。しかし、二人とも崖から落ちて死んでしまう。そこで突然語り手は「奥の国への道」にたどり着いたことに気づく。「奥の国」とは、スナイダーの詩集のタイトルであり、章立てからアメリカ極西部、東洋、精神の奥の国と区別されていた。地理的な奥の国と心理的な奥の国は、どちらもスナイダーの融合的な想像力を形成する上で、重要な場所である。

詩集『奥の国』では禅の修行によって精神の深層に関心をもち、それを捉えようとした。そのためにスナイダーはヒンズー教の女神であるカーリーをもとに、数々の女性像を創作した。例えば「四つのロビン」にでてくる女性で悲しみやカルマを象徴するロビン、闇や幽を象徴する小町、生命力を象徴するアルテミスなどが挙げられる。スナイダーの意識の深層には、生命を育む女性性があり、それが「他者」、つまり詩神としてこころを動かす詩的源泉として存在すると考えられる。そこがスナイダーにとって、禅と神話を結ぶ領域となっている。

「旅」においては、鳥が女性に変わり林檎にかわりそれを語り手に口移しし、表象が次々と変化つまり変身していく。語り手は死ぬが、自分の死体を眺めたあとで、精神だけが峡谷を彷徨って、この世と死後の世界を行き来している。言うならば、スナイダーの意識の深層は禅と神話を結ぶ領域であり、その世界を描いた「旅」は、鳥、女、林檎という変身、生死の世界の往来などの想像力の形成が断片的に描かれている。デイヴィッド・エイブラムは、スナイダーの夢の詩について、「すべてのものの形がかわり、別のものに変化する」「いまここからあらゆる瞬間にアクセスできる」と指摘している。[4] この指摘は、スナイダーの夢の詩が、単に夢の記録だけでなく、変身や時間の超越の装置を有し、『終わりなき山河』全体のなかで、想像力が絶え間ない変化をしながら生成されていく機能を認めている。つまり、スナイダーの最初の構想において、時空間を超越する試みを夢の詩において描いているのである。

「蒼い空」――詩言語とは隠れたつながりを理解するための隠喩⑸

「蒼い空」（The Blue Sky）は、「ここから東方へ／ガンジス川の砂の数ほどもある仏界を／さらに十倍も離れたその向こうに／ラピズ・ラズリと呼ばれるものがある。／その世界を治める仏陀は癒しの王と呼ばれるお方／薬師瑠璃光如来」から始まり、東への旅、薬師如来の世界への旅が始まる。次の引用では、スナイダーの青という色を基本として、語源的な連想が展開している。

Blue　blāew, bright flāuus flamen, brāhman
sky. skȳ scūwo "shadow"
Sanskrit skutās "covered"（*MRWE* 40）

青。光輝く、祭祀／梵天
空。　まだらの雲の領域
サンスクリットで「覆われた」の語

青の語源「blaew」から「輝く」「創造主」と言語的な連関が表現され、空はそれを覆うものであると連想する。ここで「青」の語源に遡る創造主に対して、「空」というそれを覆うものの関係が提示される。

huckleberry, cobalt
medicine-bottle
blue.
Celestial arched cover . . . kam
Heaven heman . . . kam
[*comrade*: under the same sky / tent / curve]
Kamarā, Avestan, a girdle kam, a bent curved bow

Kāma, god of Lust "Son of Maya"
"Bow of Flowers"

:Shakyamuni would then be the lord of the present
world of sorrow; Bhaishajyaguru / Yao-shih Fo /
Yakushi; "Old Man Medicine Buddha" the lord of the
Lost Paradise.
Glory of morning,

pearly gates,
tlitliltzin, the "heavenly blue." (*MRWE* 44)

ハックルベリー、　コバルト
薬の瓶、
　　青
天体の　　曲がった覆い
天国　曲がった
同志　同じ空の下・テント・曲がる
カマラ、アヴェスター、夢、帯のカマ、　曲がった弓

カルマ、欲望の神々、マーヤーの息子　　花々の弓

釈迦牟尼は悲しみの現世の王になるであろう
薬師如来とは「大医王如来」のこと
失われた楽園の王
朝顔の輝き、
真珠の門

アサガオ、「天上の青」

引用箇所の初めにおいて、青色の表現が多様である。「蒼い空」以降の作品である「カササギの歌」（Magpie's Song）においても、カササギが「兄弟よ　心の内に　トルコ石の青」と呼びかけて終わる。また、「松の梢」では、「松の梢は、雪青に曲り、空へ霜へ星明りに霞んでいく」と表現していた。このように青色には繊細な感覚が込められ、そのありようが具体的に表現される。本詩においては、「青」の語源が輝くことであると示され、それが祭祀と梵天につながる。つまり、「青」の言語学的進化が示される。例えば、「ハックルベリー」の青黒色、「コバルト」の晴青色と、異なる青色が示される。次に、空は「覆うこと」が語源であると示される。続いて、「天体」の語源的進化が「天体」から「曲がった」天国と示されている。ここで、雲に覆われた青が天を構成する。阿弥陀仏は「不浄を押し流し」「球体の惑星は前方に回転しながら「東」へ進み、「偉大なる薬師の瑠璃色の国」に辿り着くという。『終わりなき山河』の出発にふさわしい第一部の終わりとなっている。

ティム・ディーンは、スナイダーの「薬、処置する、マーヤーは韻を踏んでいるだけでなく、換喩語で代替可能で、概念的に関連している。（中略）これらの語は語源学的つながりがある」と指摘している。[6] 上記の引用でも、「青」の語源学的連続、「天体」の語源学的連関が連なっており、概念的に関連している。このような言語的な連関は、『波について』においてすでに用いられている手法だ。波動をテーマとした「波」をもう一度引用しよう。

Wave　wife.
　woman—wyfman—
"veiled; vibrating; vague"
　sawtooth range pulsing;
　　veins on the back of the hand.（*RW* 3）

波　妻
　女性（ウーマン）——ウィフマン
「覆われ　震え　茫洋（ヴァーグ）」
　鋸刃の連山の鼓動
　　手の甲に盛り上がる血管

スナイダーは『地球の家を保つには』において「詩は声であり、インドの伝統ではヴァク（声）は女神である。ヴァクはサラスヴァティ（弁財天）とも呼ばれ、ブラフマ（梵天）の愛人であり、彼の実際の創造のエネルギーである」（*EHH* 67）とも述べている。また、『空間における一つの場所』の「民族詩学の政治学」においても、「創造者ブラフマ（梵天）が自分の思いを歌として女神ヴァクの姿に託し、女神ヴァクのエネルギーから「声」が生まれる。よって、今日インドにおいて、彼女はサラスヴァティと呼ばれ、詩と音楽と学問の女神として知られている」（*TOW* 124）と書いている。よって、インド哲学を踏まえ、「波」「妻」「女性」「振動させる」が創造的エネルギーになることが裏づけられる。このことから、スナイダーにとっての想像力自体が大地的女性的な創造エネルギーだと言えるだろう。彼はまた『空間における一つの場所』において、「言語は古代の学校教師の知的な発明物ではなく、自然に進化した野性の体系である」、「「野性」という言葉は組織と有機体を生み出す自己組織化の過程を暗示する」と述べており、その想像力のなかでは「創造的エネルギー」と「野性」が相互に関連をもっていることがわかる。

スナイダーがインタヴューで「神話は大部分が生態学的である」とし、言語と神話が双方生態学的な認識に至っていることは第三章で述べた。したがって、「蒼い空」における、言語学的および神話学上の連関は、一九七〇年代以降に確立した言語学的神話的生態学詩学とも言うべき、スナイダーの文体であることがわかる。そこで「蒼い空」で問題にすべき点は、その文体をまたここで用いることによって、他の詩との関係において、どのような効果を目的としているかという点にある。七〇年代の「波について」と比較すると、「波について」における言語学的神話上の描き方は一様で、波、波動、創造エネルギーだけであったが、「蒼い空」においては、青、薬、マーヤー、ラピス・ラズリ、空、天体など複数のものがある点が大きく異なっている。ディーンは、「スナイダー作品は、関係、様態、相互関係、均衡に焦点をあてており、それを特徴にして取り上げている。内容、エコロジー、社会正義、環境倫理について正式な語、関連した語で特徴づけている」と指摘する[7]。本節でも、スナイダーの表象は言語学と神話学が関連していることが見出された。また、言語学と神話学が関連している表象は「青」「空」「天体」と複数あり、それぞれが相互に関係しながら惑星全体のイメージを構成している。そのメタファーは、相互に関係し、言語学的な進化を表し、同時に神話的かつ生態学的だ。スナイダーの詩言語、つまり隠喩（メタファー）は、機械的でなく、詩的で進化的である。

「山の精」――環境的想像力の集大成

「山の精」は、世阿弥作謡曲『山姥』に着想を得、スナイダーが登山で経験した山の精とアメリカ先住民が「イェビチェイ」と呼んでいる山の精を結びつけて創作した詩である。「歩き続ける／足元で大地が回る／山河は同じものではあり続けない」の三行は、「山の精」という詩で有名になった作中の詩人が(8)、朗読する詩の一節であるが、「野性」の世界を語るものである。「山の精」だけでなく、『終わりなき山河』全体を通して奏でられているコーラスでもあり、野性の精神を重層的に積み上げていく役目を担っている。スナイダーは、「自然の文学が最も生命力に満ち、革新的で、流動性があり、超越的で汎性的、サブダクティヴ（プレートの潜り込み現象からの語）で、倫理的に難しい課題を提起する文学になるが、そういった課題を解決しようと実践することが、種と生息域の破壊、そしてある種の生物たちを絶滅に追い込むことを止めるのに貢献できる」（*APS* 170-171）と書いていて、新しい自然詩学の可能性を追究し続けている。彼の自然詩学は、「命の共同体（生命のコミュニティ）」を希求することにあって、人間中心主義的なものとは対極をなす視点である。したがって、「山の精」においても、生態地域にコミットし、生態系と人間の相互依存性を育みながら、「全生命の共同体」実現への期待が込められている。

さて、スナイダーの北アメリカ版『山姥』は、「山の精」のもつ相互に絡みあう特徴を跡づける試みでもある。「山の精」は、場所、能の形式の翻案、山姥信仰のもつ意図、野性の世界の再現、パフォーマンスの意義という、五重の入れ子式の構造を特徴としている。[9]「山の精」の物語は、入れ子細工の中心に向かって箱を次々とあけていくときにテーマが互いに響きあう作りになっていると言えるだろう。そして箱の中心には、彼がこれまで追究してきた「全生命の共同体」の理想があるのではないかという仮説に基づいてこれから考察することとする。

場所の感覚と「山の精」

初期のエッセー『地球の家を保つには』において、スナイダーは、「アメリカの能舞台」ついて、「背景は砂漠と遠景の山々を描いたもの? コーラスは長くて低いベンチに座って。たぶん大きい本物の岩」(*EHH* 37)と記していた。この構想は三十年余りを経て実現することとなるが、能のもつ世界への憧憬だけがこの構想を支えてきたのではない。それは彼が自然と密接に結びつき、半ば忘れ去られた土地に「再定住」することを通して「場所の感覚」を育んできたことと共鳴している。

再定住は、自らが選択した場所の生態系を注意深く学びながら、土地に根ざした新しい生き方と価値観、すなわち「場所の文化」を模索する運動である。[10] スナイダーは、ジョン・オーグレイに対するインタヴューで、自分の場所を「西部に始まり、西部に終わり、決して西部から離れることなく、西部の風景を地球全体のメタファーとして扱う」と語っている。[11] これは西部で生涯を過ごすという決意であり、かつ一つの場所を深く知ることにより普遍性を獲得できるという信念だろう。H・D・ソローの「私はコンコードの町を広く旅した」(*POW* 27) という一節を念頭においた見解であって、一つの場所を深く知ることの重要性を、ソローの場所を深く知る態度から継承していることに他ならない。

I describe my location as: on the western slope of the northern Sierra Nevada, in the Yuba River watershed, north of the south fork at the three- thousand-foot elevation, in a community of Black Oak, Incense Cedar, Madrone, Douglas Fir, and Ponderosa Pine. (*TI*, ix)

私の住む場所を説明しよう。北シエラネヴァダ山脈の西側斜面、ユバ川流域。海抜三千フィートのその南支流の北側、黒樫、オニヒバ、マドロナ、米松、ポンデローサ松が生育する一つのコミュニティである。

上記の引用は、スナイダーの場所が何州や何郡という行政区ではなく、地理的条件や植物相にしたがって区分された生態地域であることを示唆するものだ。また、彼は「場所の中心は家であり、家の中心は炉辺である」(*POW* 26)、「すべての地域にウィルダネス (荒野あるいは自然) があり」「人間はホームとウィルダネスという二極の間で生きている」と述べている。これは、まさに家とは家族の営みの場であって、その周辺の自然との関係が不可欠であるという「場所の感覚」を示している。これを地理学的な視点と比較すると、例えば、イーフー・トゥアンは「場所の価値は人間関係が親密さから生じ、人間の結びつき以外にはほとんど何も表すものはない」と論究する。ここでは場所自体のもつ存在性よりも人間との関係性によって生じることに力点が置かれている[12]。エドワード・レルフは、場所は人間が「住まう」ことによって本質を獲得するものとしている[13]。トゥアンやレルフの指摘からは、場所が人間との関係に限定されており、スナイダーの生態地域という視点が特異なものであることが窺える。

しかしながら、スナイダーの「場所の感覚」はアメリカにおいて希有なものでなく、ソローの自然主義、アルド・レオポルドの「土地の倫理[14]」の系譜のなかにある。ただしスナイダーとレオポルドとで明らかに異なるのは、スナイダーが仏教の修行で培った全生命に対する慈悲の心を土地に反映している点にある。スナイダーにとって「場所」は、どのように生きていくかを問いかけ、それを実践していく修行の場、つまり「すべてのものの真なる共同体[15]」(The true community (Sangha of all beings))である。

スナイダーは再定住の場所をキットキットディジーと名づけている。そこはスナイダーとその家族の住居というだけでなく、もう一つの役割をもっている。彼には日本滞在中から自分の禅堂をもちたいという夢があったが、「キットキットディジー建設に従事した人々は、新居が完成する前からその居間の炉辺のまわりで坐禅を始め、そこを非公式の禅堂として使うようになった[16]」。新居の完成後、「骨輪堂[17]」では、『般若心経』や『臨済録』の学習会、アメリカ先住民の神話が学習され、リードカレッジ以来の親友で僧侶のフィリップ・ウェーレンによる講演や哲学者ジョージ・セッシヨンズ[18]によるディープ・エコロジーのセミナーが行われた。キットキットディジーは、仏教徒の修行の場であるサンガであって、それは同時に場所の文化を発信する拠点となっていった。山里が「「場所」の役割を承認することは破壊的な自然観や生命を解体する視点を提供し、人間中心主義に根本的な修正を迫ることである[19]」と述べているように、スナイダーは、人間、自然、場所が相互に依存しあっていることを深く理解し、生態系のなかでいかに生きるべきかという倫理を創造してきている。

次に謡曲と場所の関係を考察する。複式夢幻能においては、死者の霊、あるいは超自然的な霊と出会う場所に導く道筋をとっている。霊がその霊ゆかりの場所に顕れることにおいて、地霊のドラマとなる[20]。『山姥』でも、山姥のゆかりの地を訪れた遊女が山の女に誘われて「山姥の曲舞」を舞うことになる。山の女は後シテ山姥として再登場し、遊女の舞う曲舞に合わせて舞い、やがてどこへともなく去って行く。その霊にゆかりのある地において、いわば鎮魂のドラマとなるという設定に、スナイダーの場所の感覚と、登山で山の精を実感した経験とが共鳴しあっているのではなかろうか。

「山の精」――野性の力の再生の物語

謡曲『山姥』は、山姥の曲舞を得意とする百万山姥という名の遊女が、善光寺参詣の途中、越中と越後の境の山道で本物の山姥に出会う。そこで山姥はこれまでに起こったことのさまざまな述懐をして、遊女に「山姥の曲舞」をしてほしいと所望する。遊女がそれを舞い、やがて山姥はどこへともなく去っていくという話である。山姥は「巡り巡りて輪廻を離れぬ妄執の雲の塵積もって山姥となれる鬼女」である。山姥の願いは、日を暮れさせ、百万山姥をひきとどめ、「わが妄執を晴らす」ことにあった。さて、山姥は、仏教哲学の「善悪不二」「邪正一如」を説き、曲舞に合わせて自ら舞いながら、妄執を晴らしていく。鈴木大拙は、『山姥』を「深い思想の滲み込んだ佛教的な、とくに禅的な謡曲である」とし、「山の老女」に対する愛が表現された作品であるとしている。(21)

スナイダーの「山の精」では、次のように展開していく。謡曲『山姥』とこの「山の精」を比較してみると、ワキである従者は語りとして、ツレは詩人に、山の女シテは山の精に、所の者アイは森林警備隊の事務所の女に重ねられている。また、旅人が土地の者に、その霊のゆかりの場所を尋ね、旅人をその土地に導き、そこで霊を成仏させようとする展開は、山の詩を書いて有名になった詩人が、山の詩に縁のある場所を訪ね、そこにいる山の精に詩を朗読するというストーリーに移し替えられている。また、「夢幻の世界」を再現する場面においては、詩人が山の精に時間を超越した大地の進化の過程を語るという、野性の力の回復の物語として翻案されている。次に謡曲の原文とスナイダーの詩の類似した箇所を引用する。

従者（ワキ）「これは都方の者にて候これより善光寺への路次の様体、教えて賜り候へ」

"I'm a traveler.
I want to know the way

to the White Mountains,
& the bristlecone pines." (*MRWE* 142)

「私は旅の者です
ホワイトマウテンとブリスルコーン松に
行く道を教えて下さい。」

詩人がホワイト・マウンテンズとブリスルコーン松を見に行こうと旅をする場面から始まる。ブリスルコーン松は、緑の葉がほとんどなく、古代の海底のなごりである苦灰石が露出した不毛な土地に群生する世界最古の巨樹である。詩人はシエラの東側にあるオーエンズ谷のビショップに到着する。

山の精の声そして山の精からの依頼に詩人は驚きながらも、真夜中にその詩を朗読すると約束する。しかし、同時にこの出会いを忘れようとする。詩人は真夜中に起こされ、その声が本物の山の精であることを知る。流れ星が夜空を彩るなか、詩人はこの不思議な者のために詩を朗読する。夜になるとその場所から霊気が立ち込めてくる。風によって、松の房が立てる音、フクロウの羽の音から静寂で気味の悪い雰囲気が漂う。詩人はそこで仮眠をとるが、そのとき、夢のなかに地層が浸透していく。すると、老婆の山の精が現れて、詩人の詩を聞く場面となる。詩は、冒頭と同様の歌から始まり、山が隆起して地球の営みを教えてくれる場面へと展開する。最初に現在の岩石や鉱脈が示され、三億年前にマグマから海底が形成される様子、次に一千年前の海底が砂岩層になって古代生物が育ち始める場面となる。そして、山が仏陀となる瞬間、空の瞬間が顕れ、道元の山水経「山水は古仏の道現成」を想起させる。その瞬間、風景の魂や羊や牛の魂、ヒンズー教の偉大な師、アメリカ先住民の偉大な師、南泉禅師などが時間を超越した「夢幻の世界」に顕れてくる。最後に、太古のラホンタン湖が生き生きとした姿を現す。山の精は、「すべての芸術は自然の真実を祭り、語らなければならない」と告げる。

山の女「しばさせ給へとてもさらば、暮るるを待ちて月の夜声に、謡ひ給はばわれもまた、まことの姿をあらはすべし。すはやかげろふ夕月の、」

I answer back,
"—Tonight is the night of the shooting stars,
Mirfak the brilliant star of Perseus
crosses the ridge at midnight (*MRWE* 144)

私は答える
「——今夜は流星の夜
ペルセウス座のひときわ輝く星ミルファクが

真夜中に尾根をよぎる

最後に、詩人と山の精は舞を舞い、ブリスルコーン松と一体となる。そのうち山の精は突然姿を消し、詩人は再び眠りに就き物語が終わる。

ten million years ago an ocean floor
glides like a snake beneath the continent crunching up
old seabed till it's high as alps.
Sandstone layers script of winding tracks
and limestone shines like snow
where ancient beings grow.（*MRWE* 145）

一千万年前、海底は
大陸の下でヘビのようにするすると動きながらアルプスの高さまで古い海底をバリバリ砕き上げた。
蛇行する道が痕跡となった砂岩層の原稿《スクリプト》
そして石灰石は雪のように輝き
そこには古代生物が育つ。

「山の精」の詩では、地質学的用語を多用して大地形成のプロセスを歌い、山の精が問いかけた「鉱物や石の起源はどういうものであるのか」、また「それらが生きてきた時間のすべてを語ることは、生物にとってどういう意味をもちうるか」についての返答をしている。海底大陸が形成されていく様子は「蛇行する道が痕跡となった砂岩層の原稿《スクリプト》」であり、「自然が書いたもの」「自然の文学のテキスト」（*POW* 66）となる。地殻変化を重ねた層は、野性が土地に力を与えた痕跡となる。高橋昌子は、山姥は山の神であり、山姥にはアニミスティックな古代信仰が内在していることを指摘している。(22)「海底は／大陸の下でヘビのようにするすると動きながら」という二行は、野性の力がヘビの動きに託されており、野性とアニミズムの古代信仰の絡み合いを想起させる。

スナイダーの翻案した「夢幻の世界」では、仏教の教えるもろさやはかなさを育む相互依存性と、生態系における野性の世界を再現していると言えよう。山の精は、初めに声として現れ、山、老婆、ブリスルコーン松と様態を変化させて、土地の魂に迫っていく。それではいったい山の精とは何であったのか。そのために、スナイダーにとっての野性をもう一度捉え直すことが必要だろう。

野性と「山の精」

エコシステムは野性の力を回復しながら維持していく。スナイダーは論考「エコロジー・文学そして新しい世界の無秩序」のなかで野性について次のように述べている。

ウィルダネスは一時的に減少することはあっても、野性そのものは消えてしまわないだろう。ウィルダネスという霊はこの惑星全体をさまよっているのだ。原始植物の小さな無数の種子は、キヨクアジサシの足に付いて、泥のなかに隠れ、やがて、乾いた砂漠の砂や、あるいは風のなかに隠れている。これらの種子は、固有の土壌や環境に独自のやり方でそれぞれ適応しており、産毛が生えた小さな形態をしていて、水に浮き、凍り、膨れ、つねに胚芽を保存している。ウィルダネスは必ず戻ってくるが、これは「完新世」の夜明けに輝いていた世界ほど優れたものにはならないだろう。二十世紀、二十一世紀、地球における人間の営為の目覚めの結果として、多くの生命が姿を消すことになるだろう。すでに多くの生命が失われている[23]。

魂が浮遊する姿に似たウィルダネス、つまり「野性のシステム」は、生態系のあらゆる地点でそれぞれの生命の自己組織化を促す力を与えている。地質学的な進化の様態、つまり「大地に書き残した筆跡」それ自体が「野性のシステム」の痕跡を示しているだろう。山の精は、声、山、老婆、ブリスルコーン松と姿を変え、最後に姿を消してしまうが、山の精それ自体が野性を象徴する存在となっている。

ところで、「山の精」の野性の物語におけるエコロジカルな相互依存関係の基盤となっているのは、ホワイト・マウンテンズの土地である。現存する最古の樹木であるブリスルコーン松が生息するホワイト・マウンテンズは、他の植物の生息を受けつけないような自然、石灰質の白い大地である。そのような環境のなかで、ブリスルコーン松は少ない養分で「岩と水」を頼りに生きている。

その姿は「生物が永遠の時を生きること」を象徴しているとも言えよう。

山の詩人は、岩の隆起、岩が地下に入って鉱脈となったり、貝殻が地層に埋め込まれ岩となり、やがてマグマの隆起によって斜面にせりあがったり、方解石の海嶺や、古代の海底では砂岩層や石灰石、古代生物が共生している様子を歌っている。これらのすべては「筆跡」であると同時に、また自然の文学の生きたテキストであり、「野性のシステム」が機能していたことを裏づけるものとなる。続いて、道元の道現成から山が仏陀になる瞬間となるが、そこでは、失われた野性の力を回復して土地に自己組織化が促され、生き生きとした野性の世界が広がっている。それはエコロジーの規範が大地のなかに、そして人間の想像力に浸透していっている様子でもある。

野性とはスナイダーが継続して追究し、辿りついた概念で、世界のそして命あるもののあるべき姿の規範を表す言葉である。その野性を山の精の存在が象徴していると同時に、それが山の精の物語の根底を支えている。野性の物語が入れ子式の最後の二つ目の箱となっている。

パフォーマンス

スナイダーは、「能は大胆かつ高度に洗練された文化芸術であり、声とダンスによって霊魂の世界を呼び起こすシャーマニズムの流れをくむ演劇である」(*POW* 16) と書いている。能においては、人間の情念の盛り上がりが舞と音楽で表現される。しかし、スナイダーは、歌やダンスを通して自然の声を伝えようとしている。そのため歌やダンスを人間と非人間とを結ぶ行為として機能させている。

—The Mountain Spirit and me
like ripples of the Cambrian Sea
dance the pine tree
old arms, old limbs, twisting, twining
scatter cones across the ground
stamp the root-foot DOWN
　　and then she's gone.（*MRWE* 149）

——山の精とわたしは
カンブリア紀の海のさざ波のように
松の木を踊る
老いた腕　老いた手足が　巻きつき、絡まりながら
地面に松かさを撒き散らし
根の足を強く踏み鳴らす
　　そして山の精は消えた。

山の精は最後にブリスルコーン松になり、そして、詩人は松と一体となる。ここで問題になるの

は、「松の木を踊る」である。詩人が「松の木と踊る」のではない。これは、これまでに指摘してきたように、詩人の瞑想のなかで人間と松が一体となる状態である。これまでは、詩人の思考のなかでの主客の無化であったが、ここではそれをパフォーマンスとして表現している。詩人自身が松と渾然一体になりながら、野性に溶けあい踊る。詩人と野性との区別がなくなる。これは言わばスナイダーの理想の姿であり、「全生命の共同体」のあるべき姿であろう。また、「根の足を強く踏み鳴らす」音は、謡曲『山姥』において、後シテ山姥が演技の最終に激しく舞い、山に戻っていく瞬間に床を踏み鳴らす音から来ている。最後の二行は、野性のプロセスを語るコーラスであって、『終わりなき山河』のコーラスとしてもこの詩集全体に響くものである。

スナイダーは、「人間が惑星の生態系に貢献できることとは、例えば音楽家や役者といったより深い部分にまでコミットした芸能者のようになることかもしれない」（*MRWE* 147）と論及し、パフォーマンスを通して、人間は生態系と深く関わることができ、コミュニティの一員であることへの自覚につながることを示唆している。また、「水面のさざなみ」を引用し、「パフォーマンスとは、動作における芸術で、瞬時の演技、体現である、パフォーマンスはまさしく自然のそれ自体の姿なのである」と結んでいる[24]。これは、自然の現象それ自体が表現となり、それに身体的感覚的に共鳴する認知の手順があることを示す文章となっている。

ところで、『終わりなき山河』に収められている「ダンス」では、アメノウズメと川の流れのダンスがテーマとなっている。アメノウズメが巫女として踊り、神々を呼び起こすという展開となっている。神話の世界と世界の現象がダンスを通して結ばれている。ここでは、ダンスは霊的な世界に入るための一つの儀式に近い。スナイダーにとって、パフォーマンスは、人間と非人間が通じあう行為であると同時に、「命の共同体」のそれ自体になることであろう。

「山の精」とは

謡曲『山姥』での山姥の舞は六道輪廻に苦しむものであったが、「山の精」のダンスは人間と生態系が一体となるコミュニティの実現を表現している。また、謡曲『山姥』とスナイダーの大きな違いは、『山姥』における山姥の妄執の世界が、「山の精」においては、野性の物語に書き替えられていることにある。「山の精」の入れ子構造は、山姥の形式、場所の感覚、山姥信仰、野性の回復の物語、そして中心には、パフォーマンスを通して生態系と一体となるコミュニティの実現がある。「山の精」は、仏教の慈悲の心をもとにした生態系への深い智慧、エコセントリックな視点、野性の世界とアニミズムが融合された世界と言えるのではなかろうか。これは人間と生態系の好ましい相互依存の姿を願う物語であり、一つの場所に根ざす場所の文学が普遍的な価値をもち、生態系全体に捧げられているようでもある。スナイダーの自然の詩学が実現した一つの作品とも言える。

また、山の精が野性を象徴するものであるから、野性という生命の秩序は、女性的なものであり、創造的なエネルギーであることに結びついてくる。「山の精」においても、野性と女性のもつ創造的なエネルギーの構造は保たれている。

女性に関する詩について

第二部と第三部には女性に関する詩が頻出する。例えば一九六〇年代から七〇年代の母からの書簡がもととなった詩「母」（Mãe）がある。第一部の「エルファ川」における女性の屈折した言動や語り手の不安に比べると、「母」では母性愛が率直に語られている。ここでの母性愛は、「蒼い空」で展開した癒しの薬師如来であるターラーを想起させる。詩に登場する女性は、「モラヴァ川に近い丘の上に」の女、「新月の舌」の女神、「ターラーへの捧げもの」の薬師如来、「クマの母」、「空のマカーク猿」の母猿、「ダンス」におけるアメノウズメ、「山の精」における山姥と続き、女性像が多様であることが特徴である。スナイダーは、『空間における一つの場所』にエドワード・シェイファーの『聖なる女性――唐時代文学の龍女と雨娘』への序文を「山と川の女神」として収録し、女性性について次のような見解を述べている。

西洋文明は近年、その古代の母親中心の深い絆についてかなり学んでいる。「ミューズ（詩神）」の意味をより深いところで取り戻したこともその一つである。そして私たち自身の心のなかにある男女性に対する新しい理解が生まれてきている。ロバート・グレーヴズの詩的な論文『白い女神』は詩神と呪術の伝統の連続性を明らかにした点で重要である。（*APS* 85）

「山と川の女神」には『白い女神』が引用されているが、グレーヴズが例示したさまざまな女神像のなかで、ここで言及しているのはミューズ（詩神）に関してである。グレーヴズは「なぜ詩人はミューズ（詩の女神）を喚起したか」と問いかけ、女神像を考察し、三人の女神として、空、大地、地下の女神を挙げている。地下の女神は、性、生殖、死を司り、大地の女神は春夏冬に関わり、木や植物すべての生命をつくる、そして空の女神は月の満ち欠けを司る。[26]少なくとも、これらの女神はスナイダー作品のなかで登場する女神像との類似を認めることができる。

詩人と詩神の関係は普通、男性の側だけから見られる。というのは数千年の間、東洋も西洋も、私たちは男性によって支配されてきた文化のなかで生活しているからだ。これらの父権制時代、男性のなかで、詩人と芸術家は、男性に偏った風潮をほぼ越えようとし、中国人が陰と呼んだもう一方の立場から力を引きだそうとした。男性が自分自身のなかにある女性性に触れるとき、男性は創造的になり、女性が男性のなかにある女性性に触れるとき、女性は創造的になるようだ。

(*APS* 85-86)

上記の引用は、男性の心のなかに女性的なものが潜んでいるという、アニマというユング心理学用語にも類するものであろう。スナイダーの意識の深層は禅と神話が結ばれた領域であり、同時に女性性が育まれ、詩神が心を動かし、詩的源泉となる。これまではサラスヴァティやカーリー女神のイメージが中心となっていた。しかしながら、『終わりなき山河』における女性像は多様で、ターラー(多羅菩薩)、パールヴァティ(ヒンズー教の愛と豊饒と献身の女神)、アナヒタ(ペルシャの女神)、アメノウズメの女神像、月の女神、遺跡の女性、エルファ川の女教師、母、クマの母、サルの母、そして山姥などが登場する。彼女たちはバイオリージョナル、コスモポリタン、生態学的な女性だ。野性で神話的なスナイダーのエコセントリックな視点と環境的想像力は、彼の深層心理と詩のなかで育まれ培われてきている。

これまで表象の相互の関係と変身や時間の超越について考察をしてきた。とくに相互の関係とは、エコロジーの生態系の網の目のイメージと解釈される場合があるため、ここで『終わりなき山河』とエコポエトリー（環境詩学）について述べてみよう。『終わりなき山河』は世界各地の場所が登場するなどグローバルな視点を有している。また、「ゆるやかな相互関係や可能性という点と、更新世から有史、現在までの人間、さまざまな動物や鳥、植物の視点にまで飛躍する並列と断片というモダニスト的な詩的技術を有する点において生態学的である」[25]とティモシー・クラークは指摘する。エコポエトリーの定義としては、スコット・ブライソン編集の『エコポエトリー――批評導入』で、単に自然を詩に取り上げ、洞察を得ることだけでなく、エコセントリック、謙虚さ、懐疑主義等の要素が提唱されている。クラークも指摘するようにその定義は確立していない。両者の見解を踏まえ、スナイダーの表象の相互関係、時間の超越、エコセントリックな視点という要素と並列と断片という手法は、エコポエトリーの資質を形成していると言えるだろう。

総じてみると、表象の並列を通して、詩言語と神話の生態学的連関、また深層心理においては、精神の奥の国と想像力の生成、変身と時間の超越と女性性の生成を論じてきた。それぞれの表象は、相互に関係し、一様ではないことが明らかである。相互関係という網の目は、エコロジーのありようだ。それを表象として用いただけでなく、詩集全体でそのありようを実現する必要があったのが『終わりなき山河』だろう。詩集全体を通して、表象は相互に関係し、同時に、変容していく。ここでは、時空間の横断、表象の言語学的神話学的生態学的連関、深層心理における表象の変身を論じ相関する表象を裏づけることができた。このことから、生体地域主義やコスモポリタンな視点をもっているだけでなく、エコロジーを詩集全体で表現する必要性から表象相互が関連する関係が構築されていると言えるのである。

第六章　『絶頂の危うさ』をめぐって

『絶頂の危うさ』の形式

二〇〇四年十一月、スナイダーは長年に及ぶ、英語圏における俳句および日本文化の伝播の功績が認められ、第三回「正岡子規国際俳句賞」大賞を受賞した。(1)『終わりなき山河』の刊行以後初の詩集となった『絶頂の危うさ』では、日本文化とアメリカ文化の融合である英文による「俳文」が試みられている。(2)詩集の内容は、スナイダーの生活の記録に加え、場所、バイオリージョン（生態学的地域）、宗教といった広範囲な問題性を孕む。第一部「セントヘレナ山」は散文で、自身の登山経験、セントヘレナ山爆発などの記録を収めている。第二部「まだ古いこと」は短詩形式で、日常の場所の体験、家族や自宅周辺の動物たちとの出来事をユーモラスに描いている。第三部「日常生活」は散文、第四部「落ち着け、と彼らは言う」は短詩で構成されている。第五部「風塵」は、旅と日常生活を綴った日記に短詩を加えるという、俳文に類似した新しい形式による試みになっている。これまでに、謡曲『山姥』を翻案した「山の精」を収める、詩集全体が能の形式の翻案によ

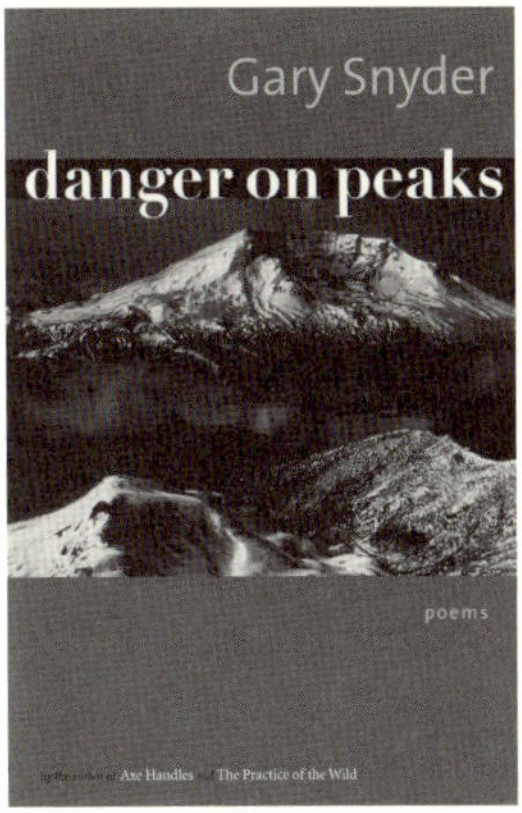

る『終わりなき山河』があったが、ここでは俳文の翻案という新たな形式に挑戦したと言えるだろう。第六部は「バーミヤン以後」で、タリバンのバーミヤン遺跡の破壊、九・一一同時多発テロへの鎮魂歌を収めている。

第六章では、新詩集のテーマを形成している二つの要素、「絶頂の危うさ」「風塵」という表象について考察を行い、スナイダーの現在を探るものとする。

絶頂の危うさ

詩集のタイトル『絶頂の危うさ』とは、第一義としては、山の頂上で起こる危険である。フット山、アダムズ山、セントヘレナ山が三つ連なっていることから、頂の連なり（peaks）であって、第一部では、インディアンの名前で「ルーウィット」と呼ばれるセントヘレナ山への登山に憧れていたこと、山麓にあるスピリットレイクの記録、十五歳のときにようやく登頂できたことなどが書かれている。そのときの様子を回想して「かたつぶりそろそろ登れ富士の山」という一茶の句を引用し、"Inch by inch / little snail / creep up Mt. Fuji"（*dp 7*）と訳している。ドナルド・キーンの分析法にならえば、「富士の山」は「永遠」、「そろそろ」は「瞬間」、「のぼれ」は「交点」で、俳句の構造を捉えているものと言えるだろう。ここで一茶との関係を詳しく語ることはしないが、自然を愛し、郷土から離れることなく執拗に土着性を保持した一茶にスナイダーが惹かれていることは想像するにかたくない。

第一部は、スナイダーの山に対する独自な感情が表現されている点が特徴的だ。例を挙げると、

「登山」では「私は美しい山々に祈りを捧げた。どうかこの生をお助けください」「私はセントヘレナ山に助けを請うた」という表現がある。これは、彼にとって山は美しい存在であるだけでなく、信仰心を象徴する聖なる存在であることを示唆するものだ。セントヘレナ山に初めて登山したときの様子を次のように語っている。

I swore a vow to myself, something like, "By the purity and beauty and permanence of Mt. St. Helens, I will fight against this cruel destructive power and those who would seek to use it, for all my life."（*dp 9*）

私は次のように誓った。「セントヘレンズの山の清廉さ、美しさ、永続性にかけてこのような残虐で破壊的な力やそれを利用しようとする人々と生涯をかけて戦おう」

これは、「原子（爆弾）の夜明け」（*dp 9*）の最終部分である。前半では次のように語られている。スナイダーは一九四五年八月十三日、十五歳のとき、セントヘレナ山に初めて登頂を試みる。広島と長崎の原子爆弾投下の知らせは、地元紙「ポートランド・オレゴニアン」において八月十二日、セントヘレナ山の麓のスピリットレイクには十三日、ようやく届く。彼は山小屋の掲示板で十四日の早朝知ることになる。そして、アメリカの科学者が「七十年間は草木一本も再び育つことはないだろう」とコメントしたことを引用して、原子爆弾投下への怒りと、セントヘレナ山の山道のモミの香り、太陽の日向と日陰、モカシンを通して地面から感じる雪の静寂な風景とを対比している。セントヘレナ山の初登頂は、彼にとって美しさと怒りの混在を象徴する体験となった。彼は原爆を投下した国の人間でありながら、アメリカおよび西洋諸国の一部が推し進める「破壊的な力」に対する怒りを示し、この怒りは生涯において貫かれていると語っている。つまり、『亀の島』の「怒りの詩」だけでなく、仏教徒になったこと、ビート・ムーブメントに加わったこと、自然生態の保護を訴え続けてきたことも、怒りの「形態」が変化してきたものなのだ。[3]「残忍な破壊的勢力」とは人間だけでなく、非人間の生物の生存に危機をもたらす。この怒りによって、スナイダーは自分の使命を認識するに至ったと言えるだろう。しかしながら、この感情は、詩集のテーマである「絶頂の危うさ」とは直接的に結びつくものではない。

「絶頂の危うさ」という言葉が詩のなかに実際に書かれているのは、次に引用する「キャロルに」(For Carole) においてだけである。この詩は、スナイダーとキャロルが禅堂で初めて出会った思い出が綴られており、現在直面する妻の病には触れていない。妻の病状に触れている作品は「千羽鶴」(One Thousand Cranes) である。そこでは、「数年前にキャロルがガンの告知をうけたときに、病気の治癒を願って彼女の親戚が千羽鶴を折り始めた」(*dp* 94) と書かれている。スナイダーはキャロルのガンの原因については詳しく語らない。しかし、レイチェル・カーソンが『沈黙の春』を通して告発した農薬とガンの関係、そしてテリー・テンペスト・ウィリアムズの『鳥と砂漠と湖と』におけるウィリアムズの家族のガン体質とユタ州の核実験の問題を想起させる。

I first saw her in the zendo
at meal time　unwrapping bowls
head forward folding back the cloth
　　as server I was kneeling
to fill three sets of bowls each time
up the line

　　Her lithe leg
　　proud, skeptical,
　　passionate, trained
　　by the
　　heights　by the
　　danger on peaks（*dp* 74）

僕が彼女のことを初めて見たのは禅堂だった
食事の時間に　　袱紗からお椀を出して
頭を前に出して布をまた折る
　　盛り役として僕はひざまずき
毎回　三組のおわんに

一列にならべて

彼女のしなやかな脚は
誇り高く、疑い深く
情熱的で、
高みによって訓練され
絶頂の危うさによって
訓練され

スナイダーは、キャロルとの出会いを回想しているが、彼女が病気で苦しんでいることを描写するのではない。むしろ、彼女の足が、「高み」や「絶頂の危うさ」といった登山などの修行で訓練されていることを表現している。しかし、ここでは、「高み」や「絶頂の危うさ」の意味ははっきりとしない。しかしながら、「危険」という表現から、スナイダーの世界を見る視点の変化が内包されている。「絶頂の危うさ」について、さらに考察を続ける必要がある。

風塵

詩集の第五部「風塵」(Dust in the Wind)のタイトルは、『平家物語』の「猛き者も遂には亡びぬ。偏に風の前の塵におなじ」から来ている。(4)「祇園の鐘の音」(The Great Bell of the Gion)は、『平家物語』の翻訳文で始まる。

"The great bell of the Gion Temple reverberates into every human heart to wake us to the fact that all is impermanent and fleeting. The withered flowers of the sâla trees by Shakyamuni's deathbed remind us that even those flourishing with wealth and power will soon pass away. The life of fame and pride is as ephemeral as a springtime dream. The courageous and aggressive person too will vanish like a swirl of dust in the wind." (*dp* 97)

祇園精舎の鐘の声、諸行無常の響きあり。沙羅雙樹の花の色、盛者必衰の理を顕す。奢れる人も久しからず。ただ春の夜の夢の如し。猛き者も遂には亡びぬ。偏に風の前の塵におなじ。[5]

スナイダーの翻訳は、現代英語を用いて原文の内容に説明を加えていることが特徴だ。例えば「諸行無常の響きあり」を「すべてのものは儚く、移ろいやすい定めであるという事実をわれわれに気づかせようとして、すべての人間の心に響かせている」と、彼の解釈を反映させて訳している。彼の言語感覚が最も表れているのは、「風の前の塵におなじ」だ。"like a swirl of dust in the wind." からは、「風塵の渦巻き」という解釈も読みとれる。彼にとって、「渦巻き」は、エネルギーあるいは世界の流れの中心である。エネルギーが中心から波及していくダイナミズムを「木目における節」(knot in the grain) と表象し、これが声、詩となる特徴を語っている。また、「塵」(dust) は粒子 (grain) であり、原子でもある。「渦巻き」の構成要素が単にエネルギーであるだけでなく、「塵」に置き換えられ、質的に変化している。それは、「塵」が示す、死、諸行無常、原子という意味の多重性が、「危険」を連想させるに十分な示唆を与えるからである。

翻訳に続く散文では、彼が大晦日を京都で過ごしたとき、僧侶から灯火をもらい、それを柴野の家にもち帰ってガスコンロに移したことが書かれている。次に引用する短詩「祇園の鐘」は、ガスコンロに照らされた火のもとに、大晦日の除夜の鐘の音の響きを描いている。

After midnight New Year's eve:
the great bell of the Gion
one hundred eight times
deeply booms through town.
From across the valley
it's a dark whisper
echoing in your liver,
mending your
　　fragile heart.（*dp* 97）

大晦日の夜
祇園の鐘の音

百八つ
街中を深くつつむ
谷を横切って
それは暗いささやき
あなたの肝に反響して
あなたの壊れやすい
　　心を繕いながら

「あなたの壊れやすい／心」は、不安なこころ、「危険」を想起させるものである。彼のこころの変化は、「バーミヤンの後」（After Bamiyan）に再登場する「塵」によって問題意識がさらに提示されている。次の詩の引用部分は、バーミヤン遺跡の破壊をめぐる昨今の危機について、デニス・ダットン(6)（Dennis H. Dutton）の詩を受けての散文と詩となっている。

Not even
under mortar fire
do they flinch.
The Buddhas of Bamiyan
Take Refuge in the dust.

May we keep our minds clear and calm and in the present moment,
and honor the dust.（*dp* 101）

（…）

September 2001

The men and women who
died at the World Trade Center
　　together with the
Buddhas of Bamiyan,
　　Take Refuge in the dust.（*dp* 102）

迫撃砲の下においても
彼らはたじろがず。
バーミヤンの仏像は
塵のなかに避難する

心を明晰に静かに瞬間に生き、塵を敬うことができますように。

（中略）
二〇〇一年九月

世界貿易センターで
亡くなった男、女
バーミヤンの仏陀とともに
塵のなかに避難する

引用部分には、三度「塵」という表現がある。バーミヤンの仏陀、世界貿易センターで亡くなった男女が「塵」のなかで避難し、われわれはその「塵を敬うことができますように」という。「塵」は死を意味するものであるにもかかわらず、なぜ「塵のなかに避難する」ことが可能となるのか。「塵」が、語られるように『平家物語』でいう「風の前の塵」ならば、儚いものやこの世の無常を象徴しているにもかかわらず、なぜ「塵のなかに避難する」ことが可能となるのか。そのために、「塵」という表象を二つに分類し、仏教に関する視点と生態学的な視点で考察することとしよう。

まず、スナイダーは、小林一茶の「露の世は露の世ながら去りながら」（Tsuyu no yo wa / tsuyu no yo nagara / sarinagara）を「バーミヤンの後」に引用している（*dp* 101-2）。一茶のこの句は、愛児さと女を失い、悲しみ、命の儚さを嘆いたものである。スナイダーの訳は、"This dewdrop world / is but a dewdrop world / and yet—"。そして最後の"and yet—"こそが、「私たちの永遠の修行であり、おそらくダルマの根本である」と記している。森羅万象に常住不変のものはないという諸行無常を受け入れた上で、「同情と注意をそらし、他人の苦しみを無視するようなことをしてはならない」と言っている（*dp* 101）。この訳からは、諸行無常を受け入れながら、他の苦しみを背負うこと、これこそが（仏教の）永遠の修行であるという視座が照らし出される。つまり、「塵のなかに避難する」ことは、世俗から目を反らさずに諸行無常のなかに身を委ね、それを永遠の修行とする精神と解釈できる。

次に「塵」を生態学的にどのように捉えていたのかについて、以下に『野性の実践』「青山常運歩」のなかの「分解されて」という節から引用する。（原文略）

野生のなかでの生活とは、ただ日向でイチゴを食べることではない。私は「深みのエコロジー」を想像したいと思う。それは、自然界の暗闇の側面——動物の糞のなかにある砕かれた骨の塊、雪のなかにある鳥の羽、満たされることのない食欲の話など——に辿り着くであろう。野生の生態系は、深い意味で批評を超えたものだ。しかし同時に、非合理で、かび臭く、荒々しく、寄生的でもある。（中略）生命は、昼行性の大きな脊椎動物だけのものではない。夜行性の生物、嫌気性の生物、共食いをする生物、微小な生物、消化器官の生物、発酵性の生物のものでもあり、暖かい暗闇のなかで料理してしまう世界でもある。（中略）人類は潔癖であることを多くなし、血や汚染や、腐敗をひどく嫌う。「聖なる」ものの反対側にあるのは、地中にある愛する人の身

> 体から、蛆虫が滴り落ちる光景だ。コヨーテ、オルフェウス、それにイザナミノミコトも、みんなそれを見、愛する人を失わずにはいられない。恥、悲嘆、当惑、そして恐怖は、暗闇の想像力の嫌気性燃料である。こうした野生のエネルギーは、なじみが少ないが、それを想像し類推するとき、われわれにはこころのエコロジーが与えられるのである。（*POW* 118-119）

ここでは、分解されることのプロセスを語り、それ自体が決して美しいものではなく、「聖なるもの」の対極であり、「嫌気性」な特質をもつことを示している。しかし、ここでは「こころのエコロジーが与えられる」と書いている。「エコロジー」に関して十分に議論がなされていないため、まず「エコロジー」に関して考察を行いたい。

第四章までに、スナイダーの想像力には、神話、自然生態、禅が不可分に絡まりあう特徴があることを考察した。これが、まず「エネルギー」として表現され、次に「野性」へと受け継がれた。彼にとって、「意識、精神、想像力、および言語は基本的に野性的なものであり」「野性とは、野生の生態系がそうであるように、豊かな相互関連性を有し、相互依存性があり、信じられないくらい複雑なものを意味する」（*APS* 168）。彼の最新論文、「エコロジー、文学、そして新しい世界の無秩序」においては、「エコロジー」と「エネルギー」の関係が明示されている。

Also, the term “ecology”, which includes energyexchange and interconnection, can be metaphorically extended to other realms. We speak of “the ecology of imagination” or even of language, with justification; "ecology" is a valuable shorthand term for complexity in motion.(7)

また、エコロジーという語は、エネルギー交換や相互関係を含んでいるが、比喩的に他の領域に拡大することができる。例えば、想像力のエコロジー、言語のエコロジー、という言い方も正当である。「エコロジー」とは運動状態にある複雑性を表す価値ある速記的な言葉なのだ。

「エコロジー」は、「エネルギー交換や相互関係」を表す生態学的規範を意味する。「生態学的規範」としての「エコロジー」は、単に生態系における秩序として機能するだけでなく、想像力や言語に広がっていく可能性を有するという信念を彼はもっており、「こころのエコロジー」とは、こころが「生態学的規範」に従うものであることを言っている。こうして、「塵」という生活から排出されるゴミの粒子、またその精神性においても「エコロジー」つまり「生態学的規範」が波及する。

彼は同論文において次のように語っている。「「生態学的規範」に従えば、今われわれが直面する危機がどのようなものであれ、それがじつは古い大きなパターンの一部であることをわれわれは理解しなければならない(8)」。「危険」即ち、「塵」が含有する死や危険を、人間中心の視点から離れて、「生態学的規範」に従い、生命の循環のパターンの一つの形態であることを受け入れなければならないと言っている。つまり、スナイダーの「塵」は、仏教の示す精神性と、生態学的規範の一形態の双方を表すものである。

生と死を超えて

スナイダーは、「わずかな知恵、忍耐、反省が意志決定を改善することに貢献しない時代などない」と述べているが、「絶頂の危うさ」あるいは「奢りの危険」を乗り越えるために、必要なこととは何であるのかを次の「跋」（Envoy）で提示しようとしている。

We have spoken again the unknown words of the spell
        that purifies the world
    turning its virtue and power back   over
to those who died in wars—in the fields—on the sea
    and to the billions of spirits in the realms of
form, of no-form, or in the realm of hot desire.

        Hail all true and grounded beings
in all directions,   in the realms of form,
    of no-form, or of hot desire

hail all noble woke-up big-heart beings;

hail—great wisdom of the path that goes beyond

Mahāprajñāpāramitā（*dp* 107）

私たちはあまり知られていない呪文のことばを再び唱えた
それは世界を清めるもの
世界のもつ善や力を逆戻りさせて　彼方へ
戦争で——戦場で——海で命を落とした人たち
そして、形がある、形なき領域に
あるいは熱い願望の領域にいる数十億個の霊のために

あらゆる方角にむかっていく、形がある、形のない、熱い願望の領域にいる
すべての真に地に根付いた存在に　万歳

すべての高貴で目覚めた寛大な心の存在に　万歳
万歳——超越の道の大叡智
　　　摩訶般若波羅密多

『亀の島』では不動明王に病魔のエネルギーの浄化を託していたが、ここでは「世界を清らかなエ

ネルギー」の状態に保つために詩人自身が呪文を唱えている。これは同時多発テロや戦場で亡くなった人たちへの鎮魂であると同時に、憎しみの連鎖を断ち、「目覚めた寛大な心」をもてるように導くことである。彼の祈りの彼方には、この世が無常でありながらも、「大叡智」つまり、「摩訶般若波羅密多」を追究しようとする心がある。彼にとって「さりながら」(and yet—)の心境は、心を「大叡智」に高めて(悟り)、日常生活から離れない(俗に帰る)精神であろう。先述の通り「塵のなかに避難する」こと、風によって舞う塵のように移ろいやすい世俗に身を置き、悟りを得ようとする志である。しかし、この精神は、七〇年代に『亀の島』で書いた「内なる心の力」(The Power within)や"Delight"、つまり「命の儚さや死を知り、これを受け入れることによって感じることのできる、生きていることの喜び」(*TI* 113)に比べると、この世の喜びというよりは、まさに危うさを含むものに変化している。なぜこのような変化が生じることになったのであろうか。

『絶頂の危うさ』には、日常生活を淡々と記録した俳文や短詩も多く収められているが、これはスナイダーにとって日常生活のもつ意味が変化したことによるものだろう。この詩集の創作中、彼は妻キャロルが死と向きあっている姿を見つめ、看病をしていた。(9) 家庭における「危うさ」と向きあいながら、日常生活の捉え方を変化させている。華奢で鍛えられた妻の脚は、彼女の肉体の象徴であるだけでなく、「絶頂の危うさ」に鍛えられ、死を受け入れている妻の精神を表現している。これは、日常生活のなかに永遠の修行が存在することを照らし出している。

「絶頂の危うさ」と「風塵」という新しい文学表象の深層には、仏教の示す精神性と、生態学的規範が基底をなしている。これらの新規の文学表象とこれまでの作品とはどのような関係が考えられるだろうか。それはあえて「俳文」の形式が用いられていることとも関わっている。[10]『絶頂の危うさ』は、前作までの詩の変遷に比べ、着想が新鮮で、日常的で軽快な詩を多く収めている。日常的な詩が即ち「軽み」となるのではなく、彼は日常生活から離れずに、悟りの声を伝えることに詩人としての使命を見出している。スナイダーにとっての禅は、現在でも詩人である上で不可欠である。彼の詩作は今もなお「野性の実践」であり続けているのだ。

第七章　デプスエコロジーへの到達

――『火を背にして』と『自由のエチケット』

二つのエッセー集

スナイダーは、二〇〇七年にエッセー集『火を背にして』（*Back on the Fire: Essays*）、二〇一〇年に対談集『自由のエチケット』（*The Etiquette of Freedom*）を出版している。その概略に触れると、『火を背にして』は二部構成。それぞれ十余りの節から成り、書き下ろしは第一部第一節の「火災、洪水と道に従うこと」、第二部第一節の「野性の推測があれば」、および「スモーキーベア経」「カンザスのハリエット・カリコットの石」で、合計四作品。その他多くは他の学術雑誌や序文ですでに掲載されたものと、講演として寄稿したものだ。テーマは災害、エコロジー、森林管理、俳句、民族詩学などで、エッセーの末尾に新作の短詩が挿入されていることも興味深い。

友人の小説家ジム・ハリソン[1]（Jim Harrison）との対話とインタヴューを収録している『自由のエチケット』のタイトルは、エッセー集『野性の実践』の第一章のタイトルからの引用である。内容は、『野性の実践』からの引用をもとにしながら、「野性」の理念、禅仏教徒になったこと、日本滞在（一九五六—六七年）以後、シエラネヴァダの山の裾に農家の家を建てて暮らしたことについての対話で構成されている。ハリソンとの対話に加えて、エコクリティシズムで知られるネヴァダ大学教授のスコット・スロヴィック、詩人で五〇年代からの盟友マイケル・マクルーア、スナイダーの書物の多くも再版しているシューメーカー出版社を経営するジャック・シューメーカー、元妻で詩人のジョアン・カイガーのインタヴューも挿入されることで、テーマもビート・ジェネレーション、環境保護運動、生態地域主義、ディープ・エコロジーに広がっている。対話間に、スナイダーの詩の朗読もなされていることが特徴となっている。

ここでは、二つの作品の意義を、バイオリージョナリズムの再考と新しい表象に分けて考察することとする。両書と『野性の実践』と『空間における一つの場所』の二つのエッセー集で言及されているテーマに着目しながら進めてみたい。

バイオリージョナリズムの再考

スナイダーは、学生時代の一九五〇年頃から、人間と自然との関係に着目し、生態系のなかの人間像をいち早く提示し、場所と人間、非人間との関係性を継続的に追究してきた。九〇年の『野性の実践』では、場所と人間、そして非人間との関係性について論じている。『自由のエチケット』において、まず場所論を展開するのにあたり、『野性の実践』を以下のように引用して始めている。

（原文略）

ゆえに、「野性」とは実際にプロセスに言及するもので、計り知れない長い年月（エオン）に亙り続いてきている一つのプロセスのことである。結果的に「野生」は単にトポスであり、そのプロセスが顕著に顕れる領域である。百%ではないがそれに近い。（*EF* 11）

「野性」とは長い時間をかけて進行するプロセスである。一方、「野生」は、ウィルダネスを指し、トポスであると違いを明確にしている。次に「自然」と場所との関係を定義している。

端的に述べると、「自然」は通常一つの場所において起こり、一般的には、あなたが何を見ていようが何を学んでいようが、一つの小さな場所において起こるのである。鳥に、斜面に、峡谷に、湾に、樹木の森、つまり場所に学ぶのである。よって、われわれは一つの場所に皆生きている。（*EF* 13）

ここでは、「自然がいつも一つの場所において起こる」、場所から始まること、場所に暮らし、場所に学ぶことが強調されている。「きのこに学べ、花に学べ、鳥に学べ、斜面、峡谷、山の裂け目、森を学べ」は、松尾芭蕉の「松の事は松に習へ、竹の事は竹に習へ」（『三冊子』一〇一）に共鳴するものである。スナイダーは芭蕉からいち早く生命中心主義を汲みとり、五〇年代にR・H・ブライスの『俳句』四巻を通して、芭蕉のこの言葉と出会って道が決まったとも述べている（*BF* 54）。きのこや花々はそれぞれの場所で起こることでそれとの関係性から育まれる感覚で、つまり「場所の感覚」に通底する。上記の引用は、初出の『野性の実践』での見解に比べ、簡潔な表現に加え要点が絞られており、次に論じる生態地域主義の展開の布石を投じるものである。

バイオリージョナリズム(生態地域主義)

バイオリージョン(生態地域)とは、自治体や行政上の区割りでなく、地理的・生態系的にみた特徴から決まり、古くからその土地に固有の文化が育まれてきた地域を指す。バイオリージョナリズムとは、自分たちが居住し生活を営む場である地域において、自然と人間との昔からある相互の関わりを再度見つめ直し、その土地の特性や自然の持続性を損なわない生活様式を構築していこうとする試みで、スナイダーは、一九六八年に日本から帰国して以来、カリフォルニアのシエラネヴァダ山麓で暮らし、自らを「生態地域主義者」と称しているように、自他ともに認める生態地域主義の実践者である。本節では、二作品において、バイオリージョナリズムに対する見解がどのように変化してきているかを考察する。これを解明するためには、これまでのエッセー集『野性の実践』と『空間における一つの場所』との関連で考察する必要性がある。

まず、『野性の実践』の「場所に生きる」でのバイオリージョナリズムについての見解の概略は次の通りである。「バイオリージョンに通じていると「特別な」方法がみえてくる。われわれと自然との関係は具体的な場所から始まる」(*POW* 42)、バイオリージョナリズムは、「これまで見落とされてきた階級である動物、川、岩、それに草など、すべてが歴史のなかに入ってくる」(*POW* 44)。場所から始まる人間と自然との関係性の基本を定義し、人為的行政上の地域から生命中心の地域へという視点の提示がなされているが、生命中心主義の基本を提示するに留まっている。次に、『空間における一つの場所』の「亀の島の再発見」におけるバイオリージョナリズムに関する見解は、以下の通りである。（原文略）

保全生物学、ディープ・エコロジー、そしてその他の新しい学問分野は、生態地域運動によりコミュニティにおける支持と実際の基盤を獲得している。生態地域主義は、それぞれの場所において、生物地理学的地域と流域の観点からこの大陸に関与するように求める。それは、私たちの国を地形、植生、気候のパターン、季節変化の観点から見るように求めている。つまり、政治的支配権の網がかけられる以前の自然史全体を見るように提案しているのである。（*APS* 246）

ここで着目すべき点は、生態地域運動が保守的生物学やディープ・エコロジーの基盤となっていることだ。また、スナイダーがイタリックにして強調している「それぞれの場所において」は、『野性の実践』と変わるものではない。生態地域主義によって、より地形、植物、気候パターン、季節変化を区分することなど、より具体的な説明がなされていることも特徴である。『自由のエチケット』の「人間学」においては、次のような再定義を行っている。

生態地域主義は、生物地理学とよばれる学術的陶冶から生まれている。科学的エコロジーの部分集合として認識されるかもしれない。つまり、政治的、民族的、言語学的、文化的境界によってではなく、すべて異なる生物学的コミュニティの点で、惑星の表面を見ることである。もちろん、それらの境界線は実際に存在する。しかし、生態地域主義論者の視点は、人間のコミュニティが唯一のものでなく、植物の生活、動物の生活、鉱物の生活にもコミュニティがあり、風景のなかには、水域の区切り、土壌の類型、年間降水量、最高最低気温が含まれ、それがすべてバイオーム（生態群）を構成し、いわば、自然の国家を形成しているとする。北米がこのような生態地域主義を生むインスピレーションの源であることは驚くべきことではない。(*EF* 41-42)

スナイダーは、「生態地域主義は、生物地理学とよばれる学術的陶冶から生まれ」「政治的、民族的、言語学的、文化的境界によってではなく、すべて異なる生物学的コミュニティの点で、惑星の表面を見ることである」とする。「生物地理学」に言及している点は、「亀の島の再発見」と同一見解だ。ここで着目すべきは、人間と非人間がともに「バイオーム」を構成し、それが「自然の国家を形成する」ことに力点が置かれている点である。この見解は、スナイダーが場所の感覚から地球いわば惑星へという双方向の思考を持ち続けてきたことが背景にあり、ウルズラ・K・ハイザの著書『場所の感覚と惑星の感覚――グローバルな環境的想像力』(2)で詳述されているが、場所の感覚と惑星の感覚が接続したエコ・コスモポリタニズムと提唱されている。それは、米ソ冷戦期、月面着陸によって寓意的な「青い地球」イメージがもたらされ、地球規模の環境への意識の覚醒に始まり、カーソンの『沈黙の春』に続く。ハイザは、ジル・ドゥルーズとフェリックス・ガタリが導入した「脱領域化」を参照し、情報化社会における場所の感覚と惑星の感覚を再編した(3)。ハイザはスナイダーの惑星感覚と場所の感覚を描く傾向が『地球の家を保つには』から培われていることを認めつつも、スナイダーの多文化認識には少々楽観的と苦言を呈している。(Heise 43) ここで、話を戻すと、スナイダーが生態地域主義から得た知見と彼の詩学をどのように具体的に切り結んでいったかを読み解いてみたい。

生態地域と新しい自然詩学

スナイダーは、一九五〇年代、学生時代に文化人類学と文学の二つを専攻し、卒業論文で「ハイダ族の神話における諸相」を書き、人類学と文学で学士号を取得している。この論文は、彼が幼い頃から関心をもっていた自分の場所の問題とともにハイダの神話を取り上げ、類型化し、文化との関係に焦点を当てて分析したものである。スナイダーの原点とも言える卒業論文で神話が分析され、その後も文化人類学への関心をもち続けている。

『自由のエチケット』で再録された「ベリー祭り」(Berry Feast) は、一九五五年のシックスギャラリーでの詩のリーディングで読まれた詩である。五三年に書かれ、もともと第一詩集『神話と本文』に収めることを目的としていたが、実際には第三詩集の『奥の国』に収められた。「ベリー祭り」を除いて新しく書かれた第三詩集『奥の国』だが、そのタイトルになっている「奥の国」は、詩集のセクションが提示しているように、アメリカ極西部、日本滞在、いわば極東部での体験、インド旅行で感じた精神の深層という三つの「奥の国」を指している。「ベリー祭り」は、第一セクションのアメリカ極西部に収められ、アメリカ先住民の神話をもとにした、初期の成熟した詩であるとされている。[1] 第三部より引用する。

"Fuck you!" sang Coyote
and ran.
Delicate blue-black, sweeter from meadows
Small and tart in the valleys, with light blue dust
Huckleberries scatter through pine woods
Crowd along gullies, climb dusty cliffs,
Spread through the air by birds;
Find them in droppings of bear.（*BC* 5-6）

「糞ったれ！」とコヨーテは　大声で叫んで
走り去った。
ほのかに暗い藍色で、草原で採れるのはより甘く
谷で採れるのは小さくて酸っぱく、わずかな青い塵がついて
ハックルベリーは松の森の至る所に散らばっている
谷間に生い茂り、埃っぽい崖を登る、
鳥たちによって空中にばらまかれ、

熊の糞のなかにも見つかる。

パトリック・マーフィーは、「ベリー祭り」は、多産能力と性的特質、人間界とそれ以外の世界の境界を不明瞭にするトリックスターが特徴だとする。[4] この詩のなかではコヨーテ、他の詩では、寒山がトリックスターとして登場する。これは、この作品が書かれたビート・ジェネレーションの時代が背景にあるからだと論じられてきた。ステューディングは、「スナイダー作品において、動物は人間の心理の顕れである[5]」としながら、「コヨーテは生死を超越し、助言者であり、参加者でもあり、創造者である」と、トリックスターとしてのコヨーテについて着目し[6]、「スナイダーの公的姿やスナイダーの「マスク」はトリックスターを喚起するものである」と述べている。スナイダー自身も、『神話と本文』において、「野獣は　仏性をえた　コヨーテだけは」と書き、『地球の家を保つには』において、「コヨーテの存在は最も重要で、最も不可解な登場人物である」と述べて

いたほどである（*EHH* 30）。従来のスナイダー研究においては、人間中心的な視点で動物の捉え方を分析し、ビート・ジェネレーション及びカウンターカルチャーという時代背景もあり、トリックスターとスナイダーの化身について着目されてきた。

引用した詩においては、ハックルベリーの実が熊の糞のなかに見られる。この点において、スナイダーは、『野性の実践』で初めて書き、『空間における一つの場所』の「新しい自然詩学」において引用し、さらに『自由のエチケット』でも引用している。それは、糞のなかにある噛み砕かれた骨、雪のなかの羽を見ると自然の隠された側面を理解する「深みのエコロジー」（デプスエコロジー）を想起するというものである（*EF* 77）。「ベリー祭り」における上記の描写は、「深みのエコロジー」を想起させるもので、当時としては画期的なものである。この詩が発表された頃には、これが深みのエコロジーを描く詩であるとは論じられていなかったが、『自由のエチケット』におけるマイケル・マクルーアによる再評価は以下の通りである。

一九五五年のシックスギャラリーの朗読会で、アレン・ギンズバーグが「吠える」というとても有名な詩を朗読した。今日、世界ではおそらく、それが最もよく知られた詩であるし、そうだった。それが訴えようとしていたことすべては絶対に真実であるし、同時にマスコミに大きな物議をかもしたし、世間の物議をかもした。同じ夜、ゲーリー・スナイダーは、とても深く重要な詩を朗読した。それは、私がそれまでに聞いたなかで最初のディープ・エコロジーの詩であった。実際には、私が知る限り、「ディープ・エコロジー」という言葉を用いるとするなら、それが一般的に用いられる以前に、読まれたのであった。そして、その聴衆のなかで、「吠える」にかなり心動かされた人々の多くは、ゲーリー・スナイダーの「ベリー祭り」にずっと感銘を受けた。

（*EF* 62）

マクルーアはビートと同時代でビートを客観的に記録してきたが、スナイダーの「ベリー祭り」の人文学研究上の価値についてすでに気づいていた。これまでカウンターカルチャーとビートという背景でクマとコヨーテにスナイダーの化身であるトリックスターを喚起すると述べられてきた。しかし、マクルーアは人間と動物の深い関係性に着目している。この詩は、ベリーという食物を通して、人間と動物たちの関わりを描いているからだ。つまり、ベリーを通して、人間と自然、動物との深い食物連鎖、クマと結婚した女が登場する等、異類婚を考えるものである。第三詩集『奥の国』は、スナイダーが日本で三回目の結婚をし、子どもを育てていくことをテーマにした詩集でもあると言われるため、異類婚を含めたと考えられる。哲学者のジョージ・セッションズは、『野性の実践』はソローの『ウォールデン』の流れをくみ、アルド・レオポルドの『野性の歌が聞こえる』（*A Sand County Almanac*）以来の環境倫理に関する最も啓発的な論述で、スナイダーは、ディープ・エコロジーの実現である生態地域運動の先駆的スポークスマンであると称賛している。(7) マクルーアの上記のコメントが『自由のエチケット』に引用されている意図は、セッションズと同様、「ベリー祭り」をディープ・エコロジーとして再評価しようとするものだ。四章注（22）のデヴァルの定義によれば、ディープ・エコロジーは、「形而上学、存在論、倫理を変革するもの」であるが、スナイダーの述べる「デプスエコロジー」は、ディープ・エコロジーを経て到達した人間の肉体と大地との深い内在的経験や関係性を顕わす。

『火を背にして』には、「コヨーテは物事を大変にする」という『マウドゥインディアン神話と物語』への序文が収められている。これ自体は短いエッセーであり、スナイダーがこれまでに展開したコヨーテ論を上回るものではないが、これまでの経緯を踏まえて捉える必要がある。彼は、「信じられないようなコヨーテの存在」を一九七四年、西部作家会議で発表し、七七年『昔のやり方』に収め、その後、九五年に長編エッセー集『空間における一つの場所』に再録した。そのなかでは、マウドゥインディアンに言及している箇所もある。特筆すべきは、自分自身を「コヨーテを文学のなかに呼び出したものの一人である」（*APS* 153）と述べていることだ。

> 私たちがアメリカ先住民の民間伝承や神話を少しばかり読むと、この大陸のこの場所における四万年から五万年の人間の経験の氷山の一角を見ているにすぎない。そのなかに入っていて、そこから創造力を引き出すには大きな労力を要するが、しかしそこには力強い何かが存在している。（*APS* 157）

上記の引用によれば、アメリカ先住民の神話や物語は北米における四万から五万年の人間の経験の氷山の一角を見ているにすぎない。コヨーテが登場するような物語は、「場所の文学」であるという主張である。『火を背にして』所収の「コヨーテは物事を大変にする」においては、次のような言及がある。

コヨーテはいまだにあちこちにいて、物語もいまだに生き生きとし、登場する人々もまだここにいる。ハンシビジンとメイ・ガラギャーの親戚も今も健在で、彼らの文化を守り、生態地域の将来に、力強い役割を担っている。（*BF* 114）

マウドゥインディアン神話に登場するコヨーテや人間は、その姿はなくなっても土地の文化や伝承として土地に生き続けている。ハンシビジンの親戚は今でも生きていて、将来の生態地域においても強い役割を果たすと結んでいる。生態地域という概念と先住民の文学の共鳴は、場所の文学へと結実するものだ。『野性の実践』では今後場所の文学が展開することが予測されていた。七四年にコヨーテ論を発表して以来、スナイダーにとってこの視点が変わることがなかったことが示されている。

さて、『自由のエチケット』において、「聞いているよ」（They're Listening）という新しい詩が収められている。これは、エイブライムの『感応の呪文』（*The Spell of the Sensuous*）の冒頭に引用され、その副題「人間以上の世界における知覚と言語」ともなっている人間と自然との相互関係を深く顕す短詩だ。

As the cricket's soft autumn hum

is to us
so are we to the tree
as are they
to the rocks and the hills.（*EF* 79）

秋　蟬の静かな鳴き声が
われわれに届くように
蟬の鳴き声が岩や丘に届くように
われわれも木に届けるよ。

「蟬の静かな鳴き声が／われわれに届く」「われわれも木に届けるよ」というように、蟬の鳴き声を聞くという人間の受容だけでなく、自然や非人間に人間の声を届けるという蟬、木々、岩、人間の相互の関係、交感が描かれている。生命への深い関わり方、ディープ・エコロジーの顕れと言えるだろう。

新たな文学表象

前述の通り、エッセー集『火を背にして』は、別々に発表されたエッセーを編集しているが、第一部の最初のエッセー「火災、洪水と道に従うこと」は、書き下ろしの一つである。『野性の実践』から、九六年の長編詩集『終わりなき山河』においては、道元の『正法眼蔵』の「山水経」からの引用が多く、スナイダーが山と水について論を展開してきた。ここで考察する新しい文学表象は、火である。カリフォルニアでは、夏の乾燥した地中海性気候により、夏に干ばつに見舞われ秋以後に火事の起こるリスクが高まる。まず、カリフォルニアでの火災報道をうけて、そこで暮らす人々にとって、「火事が広がることは、われわれの生態地域の真の自然において、もう一つの教訓となる」（*BF* 1）と始めている。この「教訓」の意味について捉えてみたい。

まず、スナイダーが考える火災管理についてだが、彼は、「シエラの箱舟」において、「計画火災やそれ以上に吟味された火災管理に対する熱意が高まるにつれ、われわれは火のイデオロギーや過去の官僚主義をここで思い出す必要がある」（*BF* 15）とする。そして、スティーブ・ペインの『世界の火災』によれば、アメリカの森林火災の消火活動の歴史を振り返ると、火を敵のように悪魔として捉えていた。また、長期間に亙って、森林火災の消火という言語が冷戦という言葉といかにパラレルになってきたか、軍事的森林火災があたかも神なき共産主義の敵のようだったとペインは明確に主張している、と引用する（*BF* 15）。消火活動には、組織、勇気、計り知れないほどのエネルギーや尽力が必要だが、今やより複雑な倫理的態度で、破壊する力を認めながらも、火を「敵」ではなく、森林における「同盟者」としてみなすことを指摘している。スナイダーは、火災が危険であることを認めながら、火は一つの道具であり、火災に適応した森林をつくる方法で、火を理解することにより、さまざまな派閥が協働する助けとなるべきだと主張する。つまり、火災管理においては、火を敵ではなく、生態系におけるパートナーの一つとして認め、ともに働くべきであると主張する（*BF* 15）。

　次に引用するのは七五年の『亀の島』に収められた「藪焼」（Control Burn）である。「火とともにした生涯」に再録されている。

What the Indians
here
used to do, was,
to burn out the brush every year.
in the woods, up the gorges,
keeping the oak and the pine stands
tall and clear
with grasses
(…)

Now, manzanita,
(a fine bush in its right)
crowds up under the new trees

mixed up with logging slash
and a fire can wipe out all.

Fire is an old story.
I would like,
with a sense of helpful order,
with respect for laws
of nature,
to help my land
with a burn. a hot clean
burn.

　　　　(manzanita seeds will only open
　　　　after a fire passes over
　　　　or once passed through a bear)

And then
it would be more
like,

when it belonged to the Indians

Before.（*TI* 19）

昔ここに住んでいたインディアンは
毎年森の下草を焼いてきた
森のなか、崖の上で
オークや松の木立ちを
草を生やしながら
小高く清潔に保った
（中略）
マンザニータは
（それ自身立派な茂みだが）
新しい木々の下に茂り
伐採された藪とまざり合って
火事が起これば すべてを焼き尽くす

火事は昔の話

僕は協働の秩序を思い
自然の法に尊敬の念を抱きながら
藪焼によって熱の清めとなって
この土地を助けたい。
（マンゾニータの種子は
炎を潜るか熊の体内に身をひそめるかでないと　芽を出さない

そうすれば
この土地は
インディアンがもち主だった頃のようになるだろう。

この場所に暮らしてきたアメリカ先住民が、毎年森の下草を燃やしてきたことから始まる、生態系の維持活動をテーマにした詩である。ここでのインディアンは、ニセナンを指す。スナイダーは「火とともにあった生涯」において、近頃は「藪焼」と言わず、「計画火災」と言い、いつでも制御できるわけではないと説明している（*BF* 87）。この詩において、崖に立つ樫の木や松の木はそのままにするという藪焼の方法が示されている。「シエラの箱舟」でも述べているが、火災防止のためにマンゾニータの低木を減らすことが大切だという理由に由るものである。ここで彼は、「自然の法に敬意を払いながら、助けあう秩序の感覚をもって、自分の土地を守りたい」という決意を表明する。そのやり方はこの土地がインディアンのものであった頃と同じように行う。ここで強調されていることは、土地を手助けすることである。土地に生きる一員としての敬虔な態度が表明されている。

スナイダーは、「火とともにあった生涯」において、一九六八年に日本から家族で帰国して以来、シエラネヴァダの山麓に暮らし、火災と向きあってきたことを振り返っている。例えば、日本滞在以前に五二年と五三年に火の見張り番をしたことに始まり、乾燥した夏になると、マンゾニータなどの下草を刈り、冬になると雑木林の山を燃やしてきたこと、山麓に暮らして五十年、さまざまな消火道具を備え、常に使える状態にしていること等である。数年前に森林局による計画火災を経験したときには問題はなかったが、計画火災には天候を選び、乾燥しすぎず、湿気がありすぎず、暑すぎず、乾燥していて、雨雲が今にも見えるときが最良の時期である、と具体的に述べている。雨が降れば灰になりさらに広がっていくこともないからである。火災で焼失した木の復活にも触れ、火災後の森林の復興には五十年かかり、十九世紀と二十世紀初頭の火災を今ようやく回復している現状から、ゆっくりと再植林することが生態地域の回復に重要だと述べる。救済伐採は、長期的な森林保全の回復には貢献しないし、節度をもって誠実に迅速に行われるべきであると提言する。また火は道具であり、友人である。家の暖炉はなくなったが、暖炉は家の中心にあったとまとめている（*BF* 90-92）。最後に、火災を防ぐ最良の方法は、毎年、小さな火災を起こし、下草を減らすこと、洪水を防ぐ最良の方法は、堤防を壊し、水の流れを穏やかにすることで、古代中国では「「道に従う」と言った」と結論づけ、教訓を締めくくっている（*BF* 8）。「道に従う」に関しては、『野性の実践』において、荘子の養生主「包丁の解牛の技から養生の道を会得した」から抜粋し引用している。同じく『野性の実践』では、野性は中国語の「道」、「偉大な自然の道」を定義したものにきわめて近いと述べていた（*POW* 11）。よって、「道に従う」は自然の道に従うことである。さらに、スナイダーは、「エコロジー、文学、そして世界の新しい秩序」において、「生態学的規範」を定義している。

「生態学的規範」とは、われわれが直面する現在の危機が何であろうと、昔ながらの広範囲な規範の一部であると見つめることに他ならない。しかし、またそれは、如何なる種、言語、習慣であろうと多様性を誓う一つの規範なのである。（*BF* 32）

「生態学的規範」と言い換えられているものの、自然のプロセスを示し、野性ときわめて近い。「生態学的規範」に従うことが今日の地球規模の危機に向きあう道である。最後に「火」の新しい詩を引用して論を閉じようと思う。

How many times
　have I thrown you
　　back on the fire（*BF* 92）

何度も
　驚かせたよ
　　火を背負って

この詩では、「何度も／驚かせたよ／火を背負って」と、語り手が不動明王の立場をとり、火を背にして動かずに仏陀を守り続けていることを告白する。不動明王は火で煩悩を燃やし、清める役目も果たしている。スナイダーのこれまでの火との生活や火についての見解を踏まえると、火は木々などの生物を燃やし時間を経て河床の有機物となり循環させる。これはデプスエコロジーを促す作用である。また、煩悩を燃やす火は、決して悪や敵でなく、友でありパートナーでもある。火は野性、つまり生態学的規範、「道」に従う自然の要素であるからだ。この詩では、火を背負う強靭な精神で慈悲の心をもち続けることが描かれ、新しい文学表象の火も、野性、自然の道に従って生きることを示している。

以上、『火を背にして』と『自由のエチケット』の意義を、バイオリージョナリズムの再考と新しい表象に分けて考察してきた。バイオリージョナリズムについては、初出の『野性の実践』から、『空間における一つの場所』において、ディープ・エコロジーに関して論が重ねられると同時に上書きされ、先住民の文学と共鳴しながら、場所の文学を提示することになった。地域主義だけでなく、惑星全体を志向する想像力へと変貌をとげ、エコ・コスモポリタニズムと評価された。また新しい表象に関しては、これまでの作品では、山や川、流域が主に論じられてきたが、火に新たに着目した。カリフォルニアの火災と向きあってきた経験から、火は一つの道具であり、友であり、火災に適応した森林をつくる方法で火を理解することの重要性、自然の法や生態学的規範に従い土地を守っていくことへと繋がっていった。野性、道、生態学的規範が同義であり、これに敬虔にしたがうことの重要性を述べる。また不動明王は、火の文学表徴の中心的なイメージとなり、火は野性、道、「生態学的規範」に従い、デプスエコロジーを促す作用を有する。新しい文学表象の火も野性、自然の道に従って生きることを示しているのである。『火を背にして』と『自由のエチケット』をこれまでの作品や研究成果を踏まえて考察した結果、重複引用や記述があるが、新しい文学表象の展開とエコ・コスモポリタニズムに資する環境的想像力に変化した点などに作品の意義があると言えるだろう。

第八章　道元から得たもの

バイオリージョナリズムと道元

スナイダーの作品には、その知的背景であるアメリカ先住民の文学、中国詩、日本の能、謡曲と並んで、仏教が大きく関わっている。なかでも一九五〇年から十年間、アメリカ第一禅教会から奨学金を得て、京都に滞在し、大徳寺で修行を行ったことがその後の詩作や環境文学の著作の根底を形成している。

彼は一九七〇年以降バイオリージョナリズム（生態地域主義）運動に関わってきた。バイオリージョナリズムとは自治体や町村などの行政上の区割りでなく、地理的・生態系的にみた地域の特徴から決まり、その土地固有の文化を重視する。彼は『場所の詩学』で、バイオリージョナリズム運動について、「できるだけ自然の生態系に沿うように、政治的な境界線を引き直すことを要求するものである」と述べている。[1] バイオリージョナリズムには、人間中心主義から生命中心主義への大きなパラダイムの転回が含まれている。つまり、この知見により、マイノリティ・コミュニティの

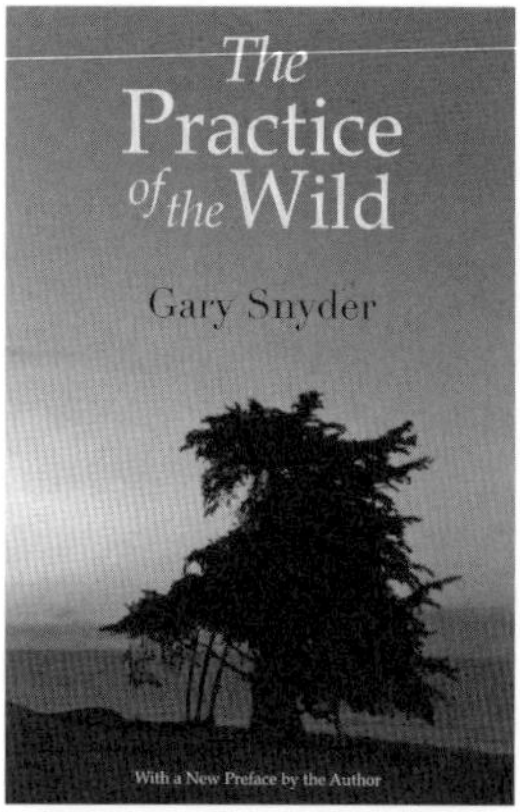

範疇に非人間である生物や動物を認めることになり、自然の生態系の権利の回復に貢献するということだ。

彼は「場所」を知る一つの基準が「オリジナル・ベジテーション」（原植生）を知ることであると言う。「ラディカルなバイオリージョナリズムの政策は、すべての原植生と樹林が繁茂している状態に自然環境を戻したい」とも述べている。ところで、『野性の実践』ではバイオリージョンに関して多くの見解が述べられているが、同時に道元の『正法眼蔵』から数多くの箇所が引用されている。なぜ、バイオリージョナリズムに関する見解に道元が引用されているのだろうか。その関係を探ることを本章の目的としたい。本章では、まず、スナイダーのバイオリージョンに関する言説のなかから自然と場所について問題定義をし、彼が自然と場所に関して、道元の『正法眼蔵』から何を引用し、論を展開しているかを考察する。次に、『正法眼蔵随聞記』から道元の意図していたことを明確にし、スナイダーの意図を対象化する。最後に、彼は仏教の教えをもとに何を追究し、バイオリージョナリズムに反映させてきたかについて考察を行いたい。

『野性の実践』の引用から

まず、『野性の実践』から引用しよう。

Bioregional awareness teaches us in *specific* ways. It is not enough to just "love nature" or to want to "be in harmony with Gaia." Our relation to the natural world takes place in a *place*,

> and it must be grounded in information and experience.（*POW* 42）

生態地域主義的知見は特別な方法で教えをもたらす。単に「自然を愛す」とか、「地球（ガイヤ）と調和」したいでは十分ではない。自然界との関係は、一つの場所に起こり、それは情報と経験に基づかなくてはならない。

> Bioregionalism is the entry of place into the dialectic of history. Also we might say that there are "classes" which have so far been overlooked—the animals, rivers, rocks and grasses—now entering history.（*POW* 44）

生態地域主義とは歴史の二元論の入り口であり、またこれまで見落とされてきた「階級」つまり動物、川、岩、草のことで、これは今や歴史に入っていくのだ。

以上の二つの引用には、スナイダーがバイオリージョンに関する論を展開する上でのキーワードが提示されている。一つは、彼が考える「自然世界」の定義であり、そして、「自然との関係が一つの場所において起こる」という見解から、「場所」と「場所との関係」を確認する必要がある。なぜなら、この認識に道元の『正法眼蔵』が反映されているからである。

スナイダーの述べる自然世界と場所

次に、自然世界、場所について考察を行う。スナイダーは道元の『正法眼蔵』を引用し論を展開している。彼が述べる自然世界の一つは、「「山水」は自然のプロセスの全体に対して言及する方法である」（*POW* 109）という表現に表れている。自然世界はウィルダネス（未開地・原野）、共有地などで構成されている。自然の条件としては、スナイダーが定義する野生の概念を満たしているものである。この引用では、山と水（川）に言及し、自然が大地と水で形成されていることを言うが、これは仏教の六つの構成要素、地、風、火、水、空、心のなかの二つでもある。特筆すべき視点は、「山水」が自然物という事物であるだけでなく、自然の経過の全体に言及する道筋または方法であるとするもので、生命の流れのプロセス全体を指し、観念的流動的な概念を指すものだということである。この概念化は、道元を引用することでさらに複雑化される。スナイダーは『正法眼蔵』第二十九「山水経」の冒頭、「而今の山水は古仏の道現成なり」を引用しているが、以上を踏まえると、山水は仏、仏祖の表れ、自然を事象次元から離れて、分別のできない次元へ、つまり無分別の世界に到達するものである。スナイダーの述べる自然世界とは、野生の姿であるだけでなく、プロセス、つまり今あるありかたそのものでありながら、仏教を反映した認識論の世界、つまり無分別の世界をも指している。そして、自然は聖なる山だけではないと道元を解釈し、道元の自然、つまり「山水」とは、地球に存在する生命のプロセス、あるがままの姿であるとまとめている。スナイダーの道元の解釈は、以下のとおりである。

Dōgen is not concerned with "sacred mountains" — or pilgrimages, or spirit allies, or wilderness as some special quality. His mountains and streams are the processes of this earth, all of existence, process, essence, action, absence; thry roll being on non being together They are what we are, we are what they are. (*POW* 110)

道元は「聖山」つまり、巡礼、精神同盟、野性について特別な資質として関わっていない。彼の山や川はこの地球のプロセスであり、存在、本質、行動、欠如のすべてである。それらはわれわれのあるがままであり、私たちはそれらのあるがままなのである。

道元は、山河は「この地球、すべての存在、プロセス、本質、行動、欠如なのであり、それらは、われわれ自身であり、私たちは彼ら自身でもある。これこそが自然であり、野生のなかの野生である」と言っている。この飛躍した論理を説明するために、スナイダーは、さらに道元の「青山常運歩」を引用している（道元「山水経」一二一七）。この解釈は、山の運歩は人の運歩のとおりであるはずだから、人間の歩みを運ぶのと同じに見えないからといって、山の運歩を疑ってはならない、山は人間と同様に動くものである、という仏教の認識論を展開するものだ。なぜ山が動くのか、これには修行を修め、無分別の認識論に到達すると、あらゆる存在が連続して動いているように見える、と大方の研究書には書かれているが、スナイダーもこれを言っている。自然は、人間同様動くものという認識論を展開している。

次に場所に関する見解に移る。スナイダーは、場所に関して数々定義している。「場所は、私たちのありようの部分で流動性があり時空間を越える」（*POW* 29）。「一つの場所は固有で、野性である」（*POW* 29）等である。彼の述べる場所とは、実存的な空間であり、固有であり、野生であり、精神的なものである。「場所に生き、バイオリージョナリストとして生きることは、場所に敬意を表し、前史時代と歴史を重視し、先住民と彼らの祖先に関する彼らの知識に敬意を払い、長期の持続可能性に関心をもつ思想である」[2]と述べ、道元から次のような引用をしている。『正法眼蔵』「現成公案」の中盤より、「このところをうれば、この行李にしたがひて現成公案す」（道元「現成公案」五六）。この解釈は、この生きている真実のみちが自分のものになれば、この行李（日常生活）が次々と真実の実現となるということである。「現成公案」は、『正法眼蔵』の第一であり、自己の生きている事実をしっかり見つめて、真実のあり方を見極め、修行を行う重要性を説く章である。自分の外に万物の真実があると修行するのは迷いであり、万物の真実の方から自己の生きている真実を修行させられ、実証されることが悟りであると説くものだ。「仏道を修行することは自己を修行すること、自己を修行することは自己を忘れること、自己を忘れることは万法（万物の真実）から実証されること」（道元「現成公案」五一）がとくによく知られている。このような前提があり、道元の説明では、魚にとって水は命、命を魚とし、鳥にとって空は命、命を空としていた。何を命として生きるかにそれぞれの修行があり、実証があり、寿命があると説く。これは人間にとって、生きている現実、現実を生み出す実存的な場所を命とする生き方を説くものである。場所を命として生きる、今生きている場所が自己の真実と見極められると、日常生活が真実になる、これこそが、現成公案であると説くものである。道元では、修行によって自己の真実を見極められることに重点が置かれているのに対し、スナイダーは、道元の言説から、「今生きている場所が自己の真実を見極められる」点を重視し、人間と場所との関係を見出している。大きくはないが、解釈の違いが生じていると言いうるだろう。

人間と場所との関係

スナイダーは、山が歩くという認識をもっているので、青山は台所にも、店にも、机にもガスコンロにも現れると述べている。公園にいれば、青山が歩いてきて、パーキングメータにコインを入れて、セブンイレブンへと立ち去っていく、あたかも人間の所為のように青山が動くと述べている（*POW* 110-111）。この認識に到達するには無分別の世界に到達することが必要で、そのためには修行が必要であることは言うまでもない。レオナルド・サイガジュは、山と川の交感（interconnection）という言葉を用いており、交感をスナイダー作品でいかに解釈するかという課題を孕んでいる。人間と同様、山も歩くことは、互いに歩いていることを感じあうと解釈すれば、交感の詩学に関わる問題となる。野田研一は「外を見ることは内を見ること、自然を見ることは〈私〉をみること」と書いている。(3) スナイダーの場合は、まず、人間も歩き、山も歩くという「無分別の智」とよばれる仏教の解釈がふさわしいと思われるが、仏教を離れると「交感の詩学」とも言いうるのである。

世界に水ありといふのみにならず、水界に世界あり。水中のかくのごとくあるのみにあらず、雲中にも有情世界あり、風中にも有情世界あり、火中にも有情世界あり、地中にも有情世界あり、法界中にも有情世界あり、一茎草中にも有情世界あり、一拄杖中にも有情世界あり、有情世界あるがごときは、そのところ必ず仏祖世界あり。かくのごとくの道理、よくよく参学すべし。（道元「山水経」二四七‐二四八）

有情とは、禅学辞典によれば、「感情・意識をもっているあらゆるもの。山川・草木・大地等を非情（無情）というのに対す」。人間・諸天、餓鬼、畜生、阿修羅等は、情識ある有情という。この定義からすると、道元の説く、水、雲、風、火、大地、草木に有情世界があるというのは、本来これらは非情世界であるべきなので、定義に反するものである。しかしスナイダーは、あえてここに着目している。なぜ禅の定義に反することに着目しているかには検討の余地があるが、その前に道元が『正法眼蔵』全体を通して、何を意図していたのかについて捉えることにしたいと思う。

道元『正法眼蔵』での意図

『正法眼蔵随聞記』とは、『正法眼蔵』に応対する書物で、道元禅師の語録であり、難解な『正法眼蔵』の入門書としてあてがわれる場合もあり、『正法眼蔵』は『正法眼蔵随聞記』を抜きにしては理解できないものと言われている。『正法眼蔵随聞記』では、仏道を修行する人は、無常を観じ、求道心を起こし、我への執着心を捨て、世縁を絶って、叢林における清貧生活のなかで、ただひたすらに坐禅に打ち込み、真実の自己に生き、仏性を得て、世のためにつくすことが説かれている（『正法眼蔵随聞記』三二八）。まず、強調されていることは、在家を離れて、修行することである。スナイダーは、在家禅を選択し、コミュニティを作り、その指導者として禅を実践することを選択した。この点は大きく異なる。次に「仏性」について引用する。

仏性は草木の種子のごとし。法雨のうるひしきりにうるほすとき、芽茎生長し、枝葉花菓もすことあり。果実さらに種子をはらめり。かくのごとく見解する、凡夫の情量なり。たとひかくのごとく見解すとも、種子および花果、ともに条々の赤心なりと参究すべし。（道元「仏性」八十）

この意味は、仏性は草木の種子のようなものであることを、みなその一つひとつが絶対の真実であると、修行して見極めることの重要性を説くものである。この「仏性」に関しては、「狗子にも仏性が有るか無いか」という興味深い問答がある。「一切衆生は、皆有で仏性である」から動物にも「仏性」が必ずあるという問答である。これは、『無門関』にも書かれている。道元の意図は、修行をすれば仏性を得る境地に達することができるというものだ。それは『正法眼蔵随聞記』のほとんどが修行をして悟りを得ることに費やされていることからも明らかだ。頼住光子は、道元の出発点は、はかなさの自覚、つまり「無常」にあると指摘する。著作には「無常」が散見し、そこに込められた意味は一様ではないと述べ、「無常」こそが「仏性」であると説明している。[4]『正法眼蔵随聞記』では、修行、仏性、無常、無分別の「空」がキーワードになり、スナイダーが捉えた場所と人間との関係とは異なる見解があることは明らかである。

道元および仏教から得た知見

サイガジュは、著書『持続可能な詩学』（*Sustainable Poetry*）において、スナイダーにとっての禅における作務を挙げながら、作務が重要な修行となりえていることから、禅は理論と実践の一体化に貢献するもので、スナイダーにとっては実践と詩作を一体化させることに大きく貢献し、その豊かな詩を生み出したことにより、完璧なエコ詩人に値すると評している。(5) それでは、道元は、スナイダーにどのような新しい知見を与えることに貢献したのだろうか。道元とスナイダーとの意図の違いを検証すると、スナイダーにとっての仏教を考える上で興味深い道元の引用がある。「しかるに、龍魚の水を宮殿とみるとき、人の宮殿をみるがごときなるべし」（道元「山水経」一二四二）。これをスナイダーは「人間中心的な見方をするな」と解釈している。本来無情であるべき、山川・草木・大地等に有情があると着目した道元の言説を引用したことと同様である。スナイダーにとっては、道元が述べる禅の定義に反する見解が、発想のパラダイムシフトの装置として機能している。すなわち環境倫理を教え説くものとして機能したのである。

スナイダーは、一九五〇年代に仏教と出会い、その後、十年にも及ぶ日本での仏教の修行に向かうわけだが、五〇年代には文学とアメリカ先住民への関心から文化人類学を学び、ダブルディグリーでリードカレッジを卒業する。この時期、なぜ文化人類学者を目指さず詩人となることを選ぶのか、なぜ仏教なのか、という重要な問題意識と直面していたことについてはすでに述べた。彼にとって必要なのは、個別であってしかも普遍的な場所や自然との結びつきであった。それが「コスモポリタン」でなければならない理由である。そのような個別的かつ普遍的な自然との関係を与えてくれるものとして仏教が現れたのである（*TRW* 94-95）。

最後に、二〇一一年スナイダーが来日した際に早稲田大学で開催した朗読会での見解を引用したい。なぜ仏教に関心をもったかについて次のように述べている。「仏教の戒律である「アヒンサー（不殺生）」は、命を奪わないことを説くもので、すべての生き物を意識する倫理である」。アヒンサー、つまり不殺生と呼ばれる仏教の教義が、すべての生き物を意識する倫理となる、これが彼の環境倫理の根底を形成しているのだ。

スナイダーは、道元の言説から、「今生きている場所が自己の真実を見極められる」ことを重視し、人間と場所との関係を見出した。彼は仏教から個別かつ普遍的な自然との関係を見出してきたが、道元によって場所と人間との普遍的な関係を見出した。さらに、道元から「人間中心の見方をするな」と解釈し、これは「すべての生命を意識する倫理」、つまり生命中心的視点と同時にバイオリージョナリズムの知見への指針となった。仏教が場所と人間の普遍的な関係を導き、環境倫理を形成したことを見出した。

第九章　惑星思考と軽み

——最新詩集『この現在という瞬間』

待望の新詩集

最新詩集『この現在という瞬間』（*This Present Moment*）が二〇一五年に刊行された。二〇〇四年に『絶頂の危うさ』（*Danger on Peaks*）が刊行されて以来ほぼ十年を経ている。『この現在という瞬間』は『絶頂の危うさ』と類似しているテーマがあり（第六章参照）、生活の記録に加え、場所、バイオリージョン（生態学的地域）、宗教といった広範囲な問題性を孕んでいる。

ここでスナイダーの詩の文体について触れておきたい。『絶頂の危うさ』の第五部「風塵」は、旅と日常生活を綴った日記に短詩を加えるという俳文に類似した形式で、それまでの作品にはない新しい形式であった。第五章で考察した『終わりなき山河』の「山の精」は、謡曲『山姥』の翻案である。彼は日本滞在中、とくに能に通い、能に登場する人物の名前を詩に引用するだけでなく、複式夢幻能の形式と仏教との関係にも関心があった。『終わりなき山河』に夢に関する詩があることは、深層心理と夢幻能への関心を提示するものである。この詩集全体において言えば、時空間の

超越や女性のメタファーの多様性、メタファー自体の相互関連性などから、単にグリーンメッセージがあるというのではなく、文体において生物多様性を想起させている。このようにして見てみると、スナイダーは詩集によって、文体を統一、変化させていることが言えるだろう。

ここでは、『この現在という瞬間』の構成と特徴について概観しよう。

『絶頂の危うさ』は六部構成で主題別になっているが、章ごとに文体が変えられていることが詩集全体の構成に重層性を付与しており、統一的な二つの表象と章ごとの文体変化が特徴であった。これを前提に『この現在という瞬間』の詩集のタイトルからまず考察する。それは詩集最後に収められた詩である。

This present moment
　　　　that lives on

to become

long ago（*dp* 80）

この現在

生き続けて
昔となる

この短詩は、『絶頂の危うさ』に収められた俳文形式の「晩夏の一日」（One Day in Late Summer）の末尾の短詩でもある。「晩夏の一日」は、スナイダーの昔からの友人であるジャック・ホーガン[1]と地元のレストランで会ったときの話をもとに書かれている。ジャックはスナイダーの妹の前の夫である。また、「アンシア・コリン・スナイダー・ラウリへ」という詩も収められており、彼の妹が陪審員の会議に行く途中ペタルマの南の一〇一号線で、前を走っていたトラックの芝刈り機を取り除こうと車線に入り、車にはねられて死んでしまったことを描き、追悼している。『この現在という時間』は、二〇〇二年に交通事故で亡くなった妹のテラ・ラウリに捧げられている。一方、『絶頂の危うさ』は、亡くなった妻の死を悼み、亡き妻に捧げている。二〇〇七年のエッセー集『火を背にして』は、ラウリの出版した『空の殻』（*Empty Shells*）の序に寄稿した文を掲載している。『空の殻』はペタルマの養鶏業の歴史の物語であり、スナイダーはラウリの創作にかけた労力を高く評価している。彼は妻だけでなく、先立った妹も含め、この世の儚さと無常観を歌っていると言える。

『この現在という瞬間』の構成の特徴は地理的空間の展開にある。それぞれの空間に飛躍するために「飛行」という短い節が含まれている。第一章は、「開拓者たち（アウトライダーズ）」、第二章は「地域の者たち（ローカルズ）」、第三章は「先祖たち」、第四章は「さあ行こう」である。各章は、開拓者として、アルテミス、パーン、アキレス、地域の者たちとしては、ヨセミテを描いた画家オバタ、先祖たちとしては、北米と環太平洋の日本、中国、韓国に加え、イタリアを取り上げている。スナイダーの惑星思考、世界的な視野と想像力を示す構成となっている。

「アルテミスとパーン」

第一章の初めに収められた詩は、一部を除いて、二〇一〇年以降に書かれた作品である。「ぞっとする」は、槙割りの様子が描かれるが、槙の木が野性の象徴として提示され、それを「僕の女性」と呼ぶ。この構図は、これまでのスナイダーの詩を貫いている野性＝生命＝女性性＝女神と一致するものだ。「地球の野生の場所」においては、地球を二人称として捉え、「僕はあなたの体の全部が好きだ　友人は君の郊外を抱きしめ、農場は納得を与えてくれるが、僕は君の野生に入る道をわかっている」と描く。七〇年頃に書かれたものをもととしているこの作品は、スナイダーの地球と野生に関する立場を明示する詩で始められていることが特徴である。上記の詩に続く三番目の詩が「アルテミスとパーン」（Artemis and Pan）である。（原文略）

野生の「草原」

「野蛮の荒野はただの畏敬ある野生は、よき人と恋人たちが出会うことのある微かな象徴である。」Ｈ・Ｄ・ソロー『散歩』

アイヌ、イウォル[2]、

その草原を感じ、耳のうしろで
視界の外側で、かすかな気配——膝をゆるめて

二匹のふわふわした灰色のウサギが樫の灰色の樹皮の周りに尻尾をたてている
荒々しく発情　　凶暴に遠く離れて
恋人たちの野生、

パーンとアルテミス
ブーンと矢を放つ　　あるいは
開口　ウィンチェスター270発砲　煙

一頭のシカをしとめる
ともに皮をはぐ
残り火で調理された

新鮮な内臓を食べる

月の銀色の光のなかで

ソローの引用に関連させて、月と猟の女神アルテミスと森林・牧人の神パーンを描いた作品だ。アルテミスは森林の女神、多産の象徴とも呼ばれ、スナイダー作品においては、自然と女性を象徴する女神としてこれまでもしばしば登場してきている。「開口　ウィンチェスター270発砲　煙」は、パーンがアルテミスに猟犬を与えた話に関連がある。ただ、最後の場面で、シカをしとめてそれを調理する場面はスナイダーの想像だろうと思うが、食べることと食べられることの関係性から食物連鎖を歌い、エコロジーを示唆した一九七〇年代の詩に関連を見つけることができる。「怒り、小牛、アキレス」（Anger, Cattle, and Achilles）はどうだろう。（原文略）

僕の二人の親友は口を開こうとしない
一人は怒りがアキレスのようだったからで、
僕ら三人は砂漠を旅し、
国境のワディ南部の鉄木の下
鳥の歌と朝日で目覚めた。

彼らは二人とも羊飼い。一人は小牛と詩、

他方はビジネスと本を操る。

一人は車の事故でもうすぐ死にそうだったが、次第に回復した
他方はすべての友人に愛想をつかし、
街のなかで隠れた
そして権力の陰翳を研究した。

一人には数年間会っていなかった、
音楽家が窓近くで演奏するような酒場の
隅っこでもう一人と会い、
優しく語った。
「音楽を聞きたまえ。われわれが慈しんできた自己はやがてなくなる」

この詩のあとに、「第一飛行」として、メキシコについての詩が収められ、北米大陸に着陸して第二章「地域の者たち」に続いていく。

「夜のお話し」

第二章は、スナイダーの暮らすカリフォルニアの土地での暮らしや日常生活を扱った作品を収め

ている。「なぜカリフォルニアはトスカナのようにならないのだろう」、ウェンデル・ベリーに捧げられた「日曜日」、「チウラ・オバタの月」、「どうやって鳥を知るか」、「朝の歌、雁の湖」などである。「夜のお話し」（Stories im the Night）は二〇〇九年に書かれた作品で、二〇一一年に来日した朗読会で読んだ作品である。スナイダーの使ってきた発動機が動かなくなり、夜が明けない早朝にインバーター、ソーラーパネルもみんな止まってしまった。それらを修理する場面から始まり、その夜話である。一部を引用しよう。（原文略）

一九六二年ジョアンと九州をめぐって、広島を歩いた。
せわしなく行き交う通り、喫茶店、緑に茂る木々、庭園、活気ある街。
しかし、九州の中心に位置し直径三十マイルもの大きな噴火口のある阿蘇山で
原爆の生存者のねじれ光った傷跡残る火傷顔をした長崎からの旅行者に会った。
その後、『はだしのゲン[3]』を読んだ。

僕が爆弾についてわかっていたことは、「巨大な威力」があるということ。
そして、その後誘惑となっていくものは　　まず、
最初は「世界の皇帝」であるべきだ[4]。
しかし、なされた。だからコースを変え、そこで先を目指す。

私はイスラム教徒、キリスト教徒、ひいてはユダヤ教徒にも決してなることはなかった。なぜなら十戒が倫理的な厳格さを欠いていたから。聖書の「汝殺すなかれ」は他の領域の生命を排除している。

それがどうありえただろうか。彼らが考えるのはどのような世界だったのか。小刻みに震える触覚、小さなひれ、脊髄、細長い首、夜に光る眼光、雪に足跡をつけるかぎ爪など考えていない。

まだ他にもあって、「自分以外には神などいない」などあろうはずがない。
権力と恥と羨望への深い危惧、
それはどんな神だと言うのか。
いつでも憂いているというのか。
数多の小神は修行を始めようと待ちそして自分が誰であるか学ぶ。

紀元後四世紀北インドで、タントラ教指導者の女性が「ヤーウェという名の神が西洋にいて、実際、大したやつらしい。しかし残念なことに、自分が世界の創造者だと狂ったことを言う。」

本当に人をおこらせるような妄想だ。

エネルギーの話に戻ろう。僕はオナンを修理することにして三番をあきらめよう。次は鉄の鋳型のブロックと冷却器でバックアップをとって、何世紀でも保証があるものにしよう。一束のソーラーパネルを敷いて。

昔ここの人々は幅三十フィート温かい土塀の小屋で
キャンドルにするために松の木の粘りのある木片を燃やした
何世紀にも渡って雪が降り積もり
ロッジの薪の光と粘りのある銀が燃える

たくさんの光など要らない　　　　夜のお話し

夜話は、昔話を結びつける構成であるので時空間を越える特徴がある。『絶頂の危うさ』における「原爆の夜明け」でスナイダーは一九四五年八月十三日にセントヘレナ山に登り、翌朝広島の原爆のニューズを聞いたことを述べている。彼は「セントヘレンズ山の清廉さ、美しさ、永続性にかけてこのような残虐で破壊的な力やそれを利用しようとする人々と生涯をかけて戦おう」と誓いをたてた。スナイダーの詩人として、人間としての原点となった「残虐で破壊力な力やそれを利用しようとする人々」との闘いが、この詩では『はだしのゲン』と被爆者によって象徴されている。全体として静かな怒りと物語調の淡々とした語り口が特徴である。「聖書の「汝殺すなかれ」は他の領域の生命を排除している」は痛烈な批判であり、スナイダーが仏教徒になった原点でもあるだろう。散文調の自由な語り、長崎で出会った被爆者、キリスト教とイスラム教への深い懐疑心、それらの宗教の有する人間以外の命の軽視の指摘が淡々と語られる一方で、深い洞察がこの詩のポエジー（詩源）となっている。

最後に「牧谿の柿」を全文引用したい。（原文略）

脇のガラスのドアに照らされた講堂の背面に
牧谿の有名な水墨画「柿」がある。
車軸から吊るしている重りは静止している。
世界一の柿だと思う。
形以外のものでない、空の完全な叙述

小枝も茎もまだついていて
今でも市場で売られているよう。

原画は京都にある素敵な臨済宗の寺にあり、
年一回公開される。

ここにあるのは便利堂から手に入れた完璧な複製画、
表具師の助言を聞いて表具も選定した。

秋になると飾る。

今となってはマイクとバーバラの果樹園の熟しすぎた柿。
片手にナプキンをもって
流しで腰をかがめる

ドロドロになったオレンジ色の部分をすする
小枝を手にもって
こうやって食べるのが好きだ。

あの絵に描いた柿は
確かに飢えを満たす。

冒頭は、牧谿の絵画「柿」についての説明だ。スナイダーが一九五〇年代から六〇年代に修行していた大徳寺には牧谿の「筆観音猿鶴図」が所蔵されている。この詩では牧谿の絵画「柿」と道元の「画餅」の解釈を合わせている。一般的に「画餅に帰す」と用いられているが、道元の「画餅」では、「画餅は飢えを充たさない」との問いかけに対し、仏教の道理を修行により参究し、修行力で描いた画餅であれば飢えを充たす薬と成りえると説く。「牧谿の柿」においては、「画餅」が出てくるのではなく、いわば「画柿」が登場する。牧谿の「柿」は、それゆえ「完全な空の叙述」であるという。「空」とは、「色即是空」、禅において修行によって得られる見地である。「空」は世界全体が現成することを表す。その「空」が六つの柿によって完全に表現されていると考える。一方で、スナイダーがドロドロになるほど熟した柿を好んで食べている様が率直に書かれている。最後に絵に描いた「柿」でも飢えを満たすと淡々と語る。彼にとっては、牧谿の「柿」と実際に食べるドロドロに熟した柿は両方飢

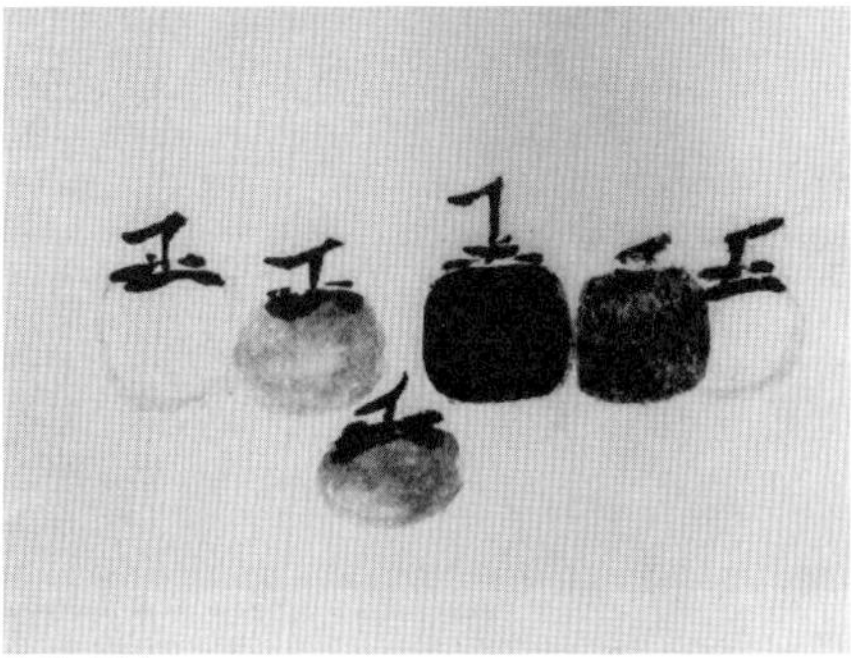
牧谿「柿」

店にも、机にもガスコンロにも現れると述べている。公園にいれば、青山が歩いてきて、パーキングメータにコインを入れて、セブンイレブンへと立ち去っていく、あたかも人間の所為のように青山が動く」（*POW* 110-111）と類似している。無分別の世界に到達することができると、食べる・食べていないにかかわらず飢えを充たすことができるとも言うべきか。無分別の世界へは到達困難であるが、それをユーモラスに描き切っている。

『この現在という瞬間』のテーマは、この世の儚さだが、前作に比べて悲しみの歌が少ない。むしろ、先祖や土地の人たちのとの交流や空間的な想像力によって形成されている。スナイダーは八十七歳となり、妻や妹や同志たちの死を乗り越えて、さらに未来志向で、惑星思考であると同時に、禅画の境地を日常生活で実感するようなユーモラスな独自の世界を描いている。それこそがスナイダーの軽みとも言うべきであろうか。

付章　ゲーリー・スナイダーへのインタヴュー

二〇〇六年八月十日、カリフォルニア州デイヴィス・エコノロッジにて

――あなたは、アラン・ワッツが鈴木大拙とビート・ジェネレーションをむすぶ真の架け橋となる人物となったと述べていました。私は、あなたは文学、エコロジー、仏教において、東洋とアメリカの現代社会を結ぶ架け橋となってきていると思います。

スナイダー　それはその通りだと思います。それについては加えて話すことはありません。

――あなたが禅や日本語、中国語の学習の準備期間を経たのちに、日本に初めて来たのは一九五六年でした。五〇年代の日本は、第二次世界大戦後の経済的にも精神的にも無秩序な状態でありました。日米の文化交流史を考えたときに、ビート・ジェネレーションの一人である、才能にあふれる若きアメリカ詩人が、禅を学ぶために日本に来たことは文化的に大変意義深いことです。カリフォルニア大学でデイヴィス校のスペシャルコレクションズに所蔵されている、あなたの詩はもちろんのこと、あなたの滞在記録は価値あるものです。

スナイダー　その質問に詳細に答えるにはかなりの時間を要します。それに関するいくつかの情報

はすでに本やエッセーで確認できると思いますので、私は二、三についてだけ詳しく取り上げたいと思います。あなたの質問は、なぜ一人のアメリカ詩人がその時代に、あえてアメリカを離れ、日本で禅の修行を始めたか、ということでしょうか。

――その通りです。

スナイダー　それは、私がアメリカ北西部の田舎で自然と親密な生活をしていたことと、その地域を囲んでいた半野生の生命の野外周辺で暮らしていた私の生活経験によるものです。私は幼い頃から、自然に対して強く親和的な感情をもっていました。私たちの周囲で見ることができた、伐採や狩という、動物が虐げられているやり方など、そのような自然に対する態度が、冷淡でまったく尊敬に値しないと強烈に感じました。私は、人間を殺すことは禁じているが、人間以外の生物に対してはそうではない、キリスト教やユダヤ教における道徳に不完全さを感じました。もちろん、私はその当時はっきりとは表明しませんでしたが、その後学んでいくなかで、その当時いくらか学んだことを取り上げると、ヒンズー教や仏教（アメリカ先住民も）は自然界に対するより注意深い倫理的行動基準をもっており、それに感銘を受けました。その後、実際に道教、仏教、ヒンズー教、また文化人類学を学習する機会に恵まれ、仏教に出会い、道徳的、倫理的な立場から始まって、とくに強い親密感を感じました。「不殺生」という意味で、通常「非暴力」と翻訳される「アヒンサー」は、仏教の第一の教えですが、ヒンズー教にも多く見られます。私の家族は社会主義者で、非有神論あるいは無神論で、とても道理をわきまえ、合理的で、第二次世界大戦にはとても疑いをもち、両親は日本軍やナチズムにもまったく共鳴していませんでした。ですから、当時の「アヒンサー」のモデルであるマハトマ・ガンジーは、平和主義という言葉、あるいは私にとっては環境主義的な立場において、私たちにとって真の体現者でありました。後に、仏教の禅の修行宗派を見つけ、中国の道教に近似値を見、勉強ができる日本における老師を探そうと決心しました。

――あなたが京都におられたときに、日本文化、つまり芸術や書道、日本語、演劇、そして仏教を学んでいたアメリカ人が他にもいたかと思いますが、その人たちについて、あるいは、龍泉庵で一緒に仕事をした人たちについて教えてください。

スナイダー　私が初めて京都に着いたときには、伝道者や陶工者を除いて在住のアメリカ人はほとんどいませんでした。例えば芸術において、陶磁器、陶工は外国人が京都に勉強に来た典型として残りました。イギリスの偉大な陶工であるバーナード・リーチによって進められた第二次世界大戦後の民間陶器、民芸のすばらしい再生がありました。アメリカ人、タスマニア人、オーストラリア人、イギリス人が陶芸の勉強をしていました。ウィル・ピーターセンは、石版士ですが、仏教と能を同時に学ぶために日本にやってきました。彼は、個人的に能の謡いや舞を学んでいました。やがて、日本女性と結婚し、二人の子どもをもうけ、結局北米に戻りました。シド・コーマンは、詩人ですが、イタリアから京都に戻り、雑誌「オリジン」を創刊し、昨年亡くなるまでほとんどを日本で過ごしていました。しかし、おかしなことに、シドは日本語を一度も学習しませんでした。バートン・ワトソンは、日本語と中国語を学んでいましたが、戦争直後の日本に最初にいた人です。その後、彼はコロンビア大学での博士論文を作成するため、その一方では龍泉庵の研究員に加わり

――ルース・佐々木の機関であり――臨済録の翻訳を手伝うために大学院生として戻ってきました。

フィリップ・ヤンポルスキーは一九九四年に亡くなりましたが、彼もその研究機関で仕事をしていました。六〇年代の初期と中盤にかけて、多くのアメリカ人やヨーロッパ人がさまざまな興味をもって京都に来ていましたし、私はそれらのすべてを知っているわけではありません。

――あなたは長い間、そしてかなり深く能に造詣があります。ご自身の作品に『高砂』『江口』『葵上』『敦盛』、そして『山姥』を引用しています。能との最初の出会いは何を通してだったのでしょうか。フェノロサからでしょうか。

スナイダー　最初に読んだ能は、私が二十代初めのときで、アーサー・ウェイリーの翻訳でした。その後、アーネスト・フェノロサや彼とエズラ・パウンドの関係に気づき、パウンドの能の英訳を読みました。その当時、他にたくさんの翻訳があったわけではありませんが、当時、まだフランス語が読めたので、ノエル・ペリー――それは能に関する偉大な本です――を入手し、少し読みました。それが、私の京都滞在を支えてくれました。いったん京都に着くと、私は特別に川村家の能の定期的なチケットを購入するようにしていました。

――それは日本に来る前の、リードカレッジ時代ですね。

スナイダー　そうです。

――日本滞在中に、『終わりなき山河』の構想が始まったのですね。

スナイダー　『終わりなき山河』を書き始めたのは実際にはかなり前です。私の本の後ろの小さな注に詩の形成を書いてあります。ある意味では、たしかシアトル美術館の二階か三階にある大きな展示物のなかに、東アジアの山水画の屏風を初めて見たときにすべてが始まりました。それは、私に一つの疑問を想起させました。どこかで書いたことがありますが、言語のなかにこのような偉大な空間を誰が表現できるのだろうかと。

――あなたは、「能は声と舞によって精神的な世界を呼び起こすシャーマンの流れをくむパフォーマンスである」と述べています。また「パフォーマンスは人間と非人間にとっての通貨である」とも。あなたは、『終わりなき山河』の「山の精」において、山の精と詩人のダンスをこのようなイメージで考えていますか。

スナイダー　そのとおりです。

――文化交流について話を戻したいと思います。一九七〇年代におけるあなたの地域での仏教の状況についてお話しいただけないでしょうか。

スナイダー　いくつか仏教の中心地があり、チベット仏教から、禅、ヴィパッサナー派まであり、すべて西海岸にあります。私自身の地域には、仏教の修行地がいくつかあります。「骨輪禅堂」は、私が始めたいと思っていた禅に基づく瞑想場です。だいたい二十五人が定期的に集い、瞑想し、そしておよそ五十人くらいの人たちが瞑想週間に来ています。

――あなたの『絶頂の危うさ』について伺いたいと思います。第五部の「風塵」は「平家物語」から来ているとのことですが、あなたはその他に小林一茶の俳句を二つ引用しています。私たち読者には、あなたが芭蕉、宮沢賢治、世阿弥などの日本文学に精通していることはよく知られていますが、これらの作家に加えて、あなたが小林一茶や『平家物語』にもかなり精通していることに気づかされます。いつごろから、『絶頂の危うさ』を書く構想をもっていましたか。

スナイダー　二〇〇二年、二〇〇三年だと思います。私は『平家物語』はずっと前から知っています。私はフォーシーズンズから出版されたR・H・ブライスの翻訳を読みました。

――あなたは、「原爆の夜明け」で、「このような残虐で破壊的な勢力やそれを利用しようとする人々と生涯をかけて」戦う決意を表明しています。この決意は今も変わることがありませんか。

スナイダー　変わってきているとは思いません。私が核武装や原子力反対に対して、グループの活動的なメンバーであるという、明白な手順に従っていないという人もいます。それは真実でしょう。私はこのすべての原因の根源は、戦争や人間の暴力にあるだけでなく、人間が生まれもつ自我に根源をもっていると、より深く理解しようと探求してきたと感じています。それは、私の関心を仏教へと向かわせるものとなりました。そして、それはまた、私の興味を環境的な仕事へと向かわせたのです。私は初めからさまざまな平和主義、反戦運動にも同盟を組んできています。核廃棄物処理への疑問から、アメリカで原子力反対運動への必要性を感じたときには大きく活動に関わりました。

――あなたは、詩集『絶頂の危うさ』で俳句あるいは俳文の形式を用いておられます。あなたにとって新しい形式として思い浮かんだのでしょうか。

スナイダー　私は俳句芸術が何であるのか、どのような作用をもっているのか、よくわかりません。少なくとも私はそう思っています。私自身、一般的に言う俳句詩人だとは思っていません。私は多くの短詩を書いてきており、本当に短詩を書くことを楽しんできています。ほんのわずかだけ、俳句に値しうるものがあるかもしれませんが、それはいくぶんか偶然であると思います。『絶頂の危うさ』の短詩のなかで、わずか二つ三つは俳句と呼べるものがあるかもしれません。しかし、俳句は短詩の一種であるだけではないのです！　そして他の詩はそれら独自の価値をもっていると願っています。私の新しい発明といえば、俳文の使用にあります。私は俳文のアイディアを借用し、それはつまり、散文があり、そのあとに散文の内容をいくらか照らし出すとても短い詩を配置するというものです。私はそれが興味をそそるもので有用なものだとわかったのです。いまだに、私の散文に続く短詩は俳句ではなく、何か他のものだと思います。私に道を示してくれている過去の俳句や俳諧の詩人たちに心から感謝したいと思っています。私がある程度考えていることは、彼らの芸術も借用しているということです。しかし、おそらくそれは、究極的にはアメリカ文学における何か他のものです。そうであろうとなかろうと、現時点でこのような形式を創作し続けていくかは確かではありません。

――次にあなたの詩学についてお尋ねしたいと思います。ジョン・ジャコビーとの「木目における巻き目」というインタヴューで、あなたの詩の構造が、「エネルギー、歌、リズム、そしてマントラの使用を呼び起こす」ものであると語っていました。これに関連した新たな質問をしたいと思います。あなたが「渦巻き」や「乱気流のパターン」がパウンドの「Vortex」イェーツの「Gyre」と類似していると語っていたことと今も変化がありませんか。

スナイダー　西洋の言葉で言えば、私はA面の終わりの本質に到達したと言い、それはプロセスとしてであり、何か静的物質の事柄ではありません。道教は基本的に過程的な哲学です。私は東アジアの思想は実体というよりはむしろプロセスをもとにしていると思います。プロセスの最も明瞭な表現といえば、エネルギーです。エネルギーは音、リズム、言語における類似物で、それを通した私たちの文学や言語すべてです。私はプロセス、言語学、音楽や直感を通して自分の詩学に到達しました。これが私の答えです。パウンドのヴォーティシズムなどはヨーロッパにおける二十世紀の芸術家たちのなかのプロセス美学の類似した認識から生まれました。私はこれが直接彼らから来ているのか見つけていませんでした。「渦巻き」という言葉は疑いもなく、「旋回」とは異なっています。ある段階では乱気流、乱気流のパターンと呼びうるかもしれません。しかしこれらの言葉はもともと「流れ」の描写であり、液体やガス（水や空気）における粒子であるという重要性を知るべきです。一つの単純なポイントは、動いている水はさざなみと波で満ちています。物理的現象のなかには「波の法則」のようなものがあります。もっと大きなものに適用すれば、それは巨大な乱気流やカオスの状態に見えるもので、言うまでもなくそれら自身の内側の役割や秩序に従っているものです。カオスのように見えるものは、私が思っているよりもかなりずっと複雑なものです。

——それでは、「渦巻き」や「乱気流のパターン」と「野性」とはどのような関係がありますか。

スナイダー　とてもすばらしい質問ですね。それがまさにポイントです。しかし、「荒野」(wilderness）という言葉を使う代わりに、「野生性」と言うべきでしょう。「野性」とは結局ただ「野生性」の特質をもつ場所のための言葉です。「野生性」とは宇宙の基本的なプロセスを叙述しており、それ自体のエネルギーの力学に従い、規則的に進行し巨大な形の多様性を生んでいます。これが「野生性」であり、自然の本質なのです（「渦巻き」は自然の秩序であり、これは「野性」と同義です）。

——あなたは「詩とは表現できることと表現できないことの間にある剃刀の端に乗ること」であるとし、表現できうる領域からかけ離れている詩人たちを批判していました。あなたの詩は表現できる領域と表現でない領域を渡っていますか。

スナイダー　この質問が意図していることを理解するのはまったく確かではありません。ただ言えるのは、私たちの心は神秘的なものであり、それこそが言語であるということです。さらに、心あるいは言語がどのようにして一緒に機能するかは、さらなる神秘です。禅の世界では、言葉が神秘的なものであるだけでなく、言葉で表現されることさえできないと言います。詩とは言語がそうであるのと同様に、本当に多くの感情であり、しばしば、もしも私たちが複雑な感情があれば、言語で表現するより、私たちはそれを行動に移そうとするのであり、それはボディ・ランゲージであったり、顔の表情であったり、足ぶみをすることであったり、あるいは踊ったりすることです。しかし、詩とは言語表現ですから、単に言葉だけでなく、ダンス、ジェスチャー、神秘であることを求められているという必要性がある。だから、そう言えます。最良の詩とは「言えること」と「言えないこと」の端の剃刀の刃を歩くことです。そして、相似的に考えて、偉大な音楽や偉大な芸術はそれぞれ、それらの方法において同じです。

――詩はシャーマン的な特別な領域からこの世に言葉を運んでくると言えるでしょうか。

スナイダー　先ほどの質問に関して私が述べたことに引き続きますが、そうである、そうであってほしいと思います。また、特別な実践の私の特別な領域は、ある面で何人かのすぐれた先生が私に教えてくれていることですが、それに接触をもつ人間にとって慈悲ある健康的な実践であり、彼らに問題をもたらすことがないものです。

――あなたの詩である「母なる地球」では、「輝く渦巻きのなかで、生きた光が」とありますが、これは生きているとの「喜び」と考えていいでしょうか。

スナイダー　それは、よい考えですね、それは私も思いつかなかった。そうです、本当にかなりその可能性があります。しかし、私がその詩を書いたときに思い描いていたのは、水面下の実際の乱気流と渦巻きでした。そして実際に水に深くもぐると、自分の経験ではわずか四十か五十フィートの深さまでもぐって、再び上がってくると、夜であれば、光の輝きによって照らしだされたように渦巻いている水の形を見ることができるでしょう。それは海水における発光現象によるもので、物理的な事実です。海面下何百フィートから現れたその大きなクジラは、巨大な乱気流や光の大きな雲を起こさなければならなかったのです。

――最後に、「詩人といえば」について伺います。

スナイダー　「エネルギーは永遠の喜び」、これはウィリアム・ブレイクの「天国と地獄の結婚」の言葉です。私はこれをどう考えるべきか。行きすぎた発展の国（合衆国、日本など）が、石油と電力（ある国は原子力発電所をめぐって命知らずの戦いを計画している）の不足というエネルギー危機に向かっているなかで、私たちは、石油と石炭は細胞のなかに古代の植物の命を閉じ込めた太陽エネルギーの蓄積であることを覚えておかなければならない。「再び新しくなる」エネルギー資源は今日ある木々や花々、そしてすべての生きているものであり、とくに植物はエネルギー交換の第一段階の働きをしている。これらの燃料に現代の国家は依存しているのです。しかし、もう一つ他のエネルギーがある。それはすべての生き物にあり、太陽エネルギーに近いが、他の方法です。それは内側の力。どこからでしょう。「喜び」から。生きていることの喜びは、一方で永続性と死を知り、

これを受け入れ、熟知することです。その定義は、

歓喜とは　相互に浸透しあいながら
互いに抱きあいながら
すばらしい、空の、からみあう
すべての差別や対立を超えた輝く一つの世界の
知覚と認識とともに
湧き上がる無垢な喜び。

(On "As For Poets")

この喜びは継続的に世界の詩や歌に反映されています。「詩人といえば」は、古代のギリシャ人と中国人の両方が、物質世界の構成要素として考えていた五つの要素の言葉における喜びの世界を追究している。それに対して、インドの仏教哲学者は、意識、あるいは「こころ」を六番目として加えています。ある点において、私は、この詩を「こころによって穴をあけられ、これを含む五つの要素」と名づけてしまいたくなる。一般的には「大日如来」のイメージで見られているムドラーに描かれています。

「地」とは、私たちの「母」であり、男であろうと女であろうと、彼女に関係する仲介者を必要としない。

「気」は私たちの呼吸、精神、インスピレーション、つまり「発音されると」スピーチになるし、

同じ強打で跳ね返えると、いわば、日本語で言えば「節」という言葉に近い。——巻き目、または木目の渦巻き、歌の言葉。

「火」は燃料をもつものであって、心の火は愛です。詩を燃やしてしまう愛はこの世の春の緑であるだけでなく、深く埋め込まれた甘美から意識的思考を生じさせることのためのとても内密な語の背後にある共感的、慈悲的、性的な行為の古代の網の目に迫ります。「水」は、創造物であり、私たちが這えば泥、細胞の潮の流れ。水の詩人は創造者です。彼の書道は道であり、私たち生きているものがお互いに去る道世界、それは詩。しかしすべて吸い込め。大きさは問題ではありません。小さな場所が巨大な場所を包み込みます。そこでは、偉大な渦巻き、星々が釣り下がっています。だれが宇宙の外に出ることができるでしょうか。しかし、詩は他の場所で生まれ、言うことを必要としません。北極の野性の雁のように、詩は家を目指し、境界を越え、そこではほとんどのものが渡ることができません。今や、私たちは内側にも外側にもいる、世界は同時である。これがいることができる唯一の場所は「こころ」なのです。ああ、それが詩であるのです。それは、完璧で、過去でも、現在でも、未来でも同時に見るもの、見られるもの。私たちは本当にそんなことができるでしょうか。しかしできるのです。だから、私たちは歌うのです。詩は、男と女のためのもの。内側の力——それを与えれば与えるほど、もっと与えなくてはならない——石炭や石油が長い間なくなり、原子が平和に回るように残されたとき、きっとわれわれの力となるのです。

——スナイダーさん、ありがとうございました。

訳注

序章　ゲーリー・スナイダーの詩の世界

（1）高橋綾子「日本におけるゲーリー・スナイダー研究」（『国際文化表現研究』四号、二〇〇八年）。

（2）McCord, Howard. *Some Notes on Gary Snyder's Myths and Texts*. Berkeley: Sand Dollar, 1971.

（3）Steuding, Bob. *Gary Snyder*. Boston: Twayne, 1976.

（4）韓国では、翻訳数四冊、学術論文三十五本、博士論文二本である。中国では、翻訳一冊、博士論文三本、研究書一冊である。Tongji University のDr. Geng Jiyong による調査。二〇〇八年一月十日筆者に宛てた電子メール。

（5）Woo-Chung Kim (Sungkyunkwan University) によれば、学術論文は次の六分類が韓国におけるスナイダー研究の特徴である。①東洋思想の視点をもつスナイダー詩の研究（特に仏教的な視点）、②スナイダーの自然と生態学的な詩の研究、③スナイダーと韓国のエコ詩人たちとの比較考察、④スナイダーと他のアメリカの環境作家との比較考察、⑤スナイダーへの現代批評理論に基づくアプローチ、⑥この他の多方面の研究。Kim Won-Chung, "Gary Snyder Studies in Korea" 金原中「韓国におけるゲーリー・スナイダー研究」（翻訳高橋綾子）、『環境文学とは何か——「場所」の詩学』（藤原書店、二〇〇九年）初出は、「韓国におけるゲーリー・スナイダー研究」『ASLE日韓合同シンポジウム予稿集』（ASLE－Japan／文学・環境学会〈代表・生田省悟〉二〇〇七年七月十七日）pp.118-120.

（6）山里勝己『場所を生きる』（山と渓谷社、二〇〇六年）。

第一章　土地と神話──詩人の出発点

（1）James Wright Crunk, "The Work of Gary Snyder," *The Sixties* 6, (Spring 1962), p.34.

（2）〔一九二三─二〇〇二〕オレゴン州ポートランド生まれ。第二次世界大戦中は、目が悪かったため兵役を免れ、ラジオ機関で働いている。リードカレッジ時代に仏教に関心を持ち始めた。スナイダーと同じ年に卒業している。サンフランシスコビート詩人のひとり。京都で禅の修業をした。僧侶でもある。

（3）〔一九二六─七一?〕リードカレッジでスナイダーとウェーレンとともに学ぶ。七一年猟銃を持って遺書らしきものを残し、森の中に消える。詩集に *Ring of Bone: Collected poems*（一九七九）がある。スナイダーの禅堂、『骨輪禅堂』は彼の詩集の名にちなんで名づけられた。仏教徒。

（4）〔一九二六─不詳〕中国系アメリカ人。書道に優れ、スナイダーに漢詩、東洋の思想などを教えた。スナイダーの所蔵する手紙によれば、親交は一九六二年まで続いた。スナイダーの日本滞在中も真剣な忠告をしている。

（5）D.T. Suzuki, *Manual of Zen Buddhism*, (London:Grove Press, 1950)

（6）初出は *Janus*（1950 Feb）。後に *Left Out in the Rain* (New Poems 1947-1985) の中で、"Atthis" の二番目として収めている。

（7）オレゴン州東部、フット山のふもとにあるアメリカ先住民の居留地。

（8）Snyder, *The Gary Snyder Reader: Prose, Poetry, and Translation*, (Washington, D.C.: Counterpoint, 1999), p.611.

（9）初出は *Janus*（1951 Feb）。後に *Left Out in the Rain* (New Poems 1947-1985) に収めている。

（10）David Meltzer, *San Francisco Beat Talking with The Poets* (San Francisco: City Lights Books, 2005), p.280. によると、「このときまだ俳句には出会っていない。禅に傾倒し、中国語と日本語を学習することになってから俳句に出会った」ことを語っている。

（11）Snyder, *He Who Hunted Birds in His Father's Village Dimensions of a Haida Myth*, (New York: New

Directions, 1978), pp.7-8. によると、スナイダーは、"Abstract of the Myth" として、伝説の概略を記している。

(12) Nathaniel Tarn, "From Anthropologist to Informant: A Field Record of Gary Snyder." *Alcheringa*, No.4 (Autumn 1972), p.109.

(13) Tarn, pp.104-113.

(14) Dom Aelred Graham, *Conversations: Christian and Buddhist*. (New York: Harcourt, Brace, and World, 1968), p.59.

(15) 『鈴木大拙全集』第十一巻（岩波書店、一九七一年）一一六-一四四頁。

(16) Sasaki, Ruth Fuller. Letter to Gary Snyder, 10 June 1953. University of California , Davis, Ganeral Library, Special Collections.

(17) Sasaki, Letter to Gary Snyder, 10 June 1953.

(18) Sasaki, Letter to Gary Snyder, 6 April 1955.

(19) Snyder, Gary. Sourdough Mountain Journal, Summer, / vol.1.1953. University of California, Davis, Ganeral Library, Special Collections.

(20) Snyder, Sourdough Mountain Journal, 27 June 1953.

(21) Sourdough Mountain Journal, 27 June 1953.

(22) 後にアメリカ仏教会の機関誌 *Berkeley Bussei* 1960 に掲載。

(23) Nathan Mao, "The Influence of Zen Buddhism on Gary Snyder." Tamkang Review. Vol. V October, 1974 No.2. p.126.

(24) カリフォルニア州立大学バークレー校元教授。台湾系のアメリカ人。エズラ・パウンドの『漢詩』の研究などの業績がある。"Aesthetic Consciousness of Landscape in Chinese and Anglo-American Poetry" *Comparative Literature Studies*, VOL. XV, No.2 June 1978.pp.211-241. スナイダーについても漢詩や山水画の影響関係について論じている。

(25) Snyder, Sourdough Mountain Journal, 27 June 1953, p.29.

(26) ［一九三四—二〇一四］ニュージャージー生まれ。詩人・評論家。アミリ・バラカ（Amiri Baraka）という名でも知られる。「ユーゲン」誌の編集者。

(27) Snyder, *The Practice of the Wild*, (New York: North

Point Press, 1990), p.120. スナイダーは、インディアンとの不条理な契約について触れている。「森林伐採は、先住民の部族会議との契約に従い、その収益は地域先住民全体のために使われた。」とスナイダーは記している。また、「これは「松」で、「インディアン」に属するものだ。なんと奇妙なもつれた結び目だろうか。インディアンたち、そしてこの木々、それは何世紀も共存してきた。突然、所有者と所有物とに分かれるとは！」と記している。

（28）筆者宛の電子メール（二〇〇六年四月十三日付）において、ポンデローサ松に対するアメリカ先住民の考え方についての以下のように書いている。「米松やポンデローサ松のような巨木は、単に「聖なる」存在であるだけでなく、そこに暮らす野生動物の生息地である。アメリカ先住民は、松から、木、石、草に至るまで、風景すべてが聖なるものと感じている。しかし、彼らが馬に乗り、動物を狩り殺し、食べることができないという意味ではない。彼らは感謝の気持ちをもってこれを行う」。この「感謝の気持ち」という言葉は、アメリカ先住民の自然への敬虔な態度を示すものである。自然と親密な関係をもつアメリカ先住民にとって、その自然を破壊することは、それらに緊密に関わる生活だけでなく、精神性をも揺るがすことにつながる。

（29）E-mail to the author. 13 April 2006. “The brush / May paint the mountains and streams / Though the territory is lost.” の引用の典拠は、筆者宛の電子メールにおいて、「国を追われた八大山人の運命は、土地を奪われたアメリカ先住民の運命を同時に象徴するものであるか」という問いに対して次のようにスナイダーは答えている。“Yes, you could say that. His name is now more commonly written Bada Shanren, and he was a very real end-of-Ming dynasty Chinese painter. I think it was the poet Du Fu, Toho, (Tang dynasty) who said in his poem “spring view” that “the nation is lost, but the mountains and rivers remain.””

（30）Michael Helm, “Gary Snyder, an Interview.” in *City Miner*, Vol.4, No.1 (1979), p.14.

（31）『地球の家を保つには』（*Earth House Hold* 1968）に収められているが、スナイダーが実際に書いたのは、一九五六年である。

(32) 筆者宛の電子メールによると、スナイダーは、「慈悲」について次のように書いている。“Compassion is a key term for the Buddhist teachings. It is a richer term with more levels of meaning than “kindness” or “love” or “forgiveness” and it includes these and more --in Japanese it would be jihi. Kannon Bosatsu is a Bosatsu of Compassion. In Buddhism we say, Wisdom and Compassion are the two wings of enlightenment. You must have both to fly.” 二〇〇六年四月十三日付。

(33) 筆者に語ったインタヴューによると、スナイダーは、「野性の自然」に関心があり、キリスト教には、「人を殺してはいけない」という戒律があるが、それは人にだけ向けられたことで、不完全であると感じた。しかし、仏教には「不殺生」があり、その対象は人間だけでなく、全生物に向けられていることから、仏教を志すことになったと言う。二〇〇六年八月十日、カリフォルニア州、デイヴィス。

(34) Charles Altieri, *Enlarging the Temple: New Directions in American Poetry during the 1960s*. Lewisburg, Pa.: Bucknell University Press, 1979, pp.55-56.

(35) Bob Steuding, *Gary Snyder*. (Boston: Twayne, 1976), p.91.

(36) 〔一九二六—九七〕ニューヨーク生まれ。ジャック・ケルアックとともにビート・ムーブメントの中心人物。一九五五年にスナイダーと出会い、生涯に渡って親交があった。スナイダーとともにインド旅行をしている。スナイダーが現在住む土地はギンズバーグを通して購入したものである。代表作『吠える』(*Howl* 1956)、『カデッシュ』(*Kaddish* 1961)など。『アメリカの没落』(*The Fall of America* 1972)で全米図書賞受賞。スナイダーの盟友。

(37) Ed., Matt Theado, *The Beats A Literary Reference* (New York: Carroll & Graf Publishers, 2001), pp.414-415.

(38) Michel McClure, *Scratching The Beat Surface*, (San Francisco: North Point Press, 1982), pp.17-21.

(39) 〔一九三二— 〕サンフランシスコ在住のビート詩人。カンザス生まれ。

（40）McClure, p.11.

（41）Murphy, *A Place for Wayfaring: The Poetry of Gary Snyder*, (Oregon: Oregon State University Press, 2000), p.67.

（42）Sato, Koji. "Psychotherapeutic Implications of Zen," *Psychologia: An International Journal of Psychology in the Orient*; Koji Sato, Editor, Psychologia Society, Vol. I, No.4, December 1958, p.213

（43）Parkinson, Thomas, p.619.

（44）*Riprap & Cold Mountain Poems*, p.17."Down 99, through towns, to San Francisco / and Japan.... Twenty-five years in it brought to a trip-stop / Mind-point, where I turn"「99号線を行き、町を抜けてサンフランシスコへ／そして日本へ。（中略）そこに25年暮らして旅を終える気になった／心の分岐点、私が戻るところ」

第二章　日本、禅、心の奥の国

（１）Whalen, Philip. Letter to Gary Snyder. 4 August 1956. University of California, Davis, Ganeral Library, Special Collections.

（２）［一九二八―九四］シカゴ生まれ。画家、詩人。一九五二年から二年間の兵役で、日本に滞在して日本文化に惹かれ、生涯日本文化への興味を貫いている。特に書道、能に精通している。スナイダーに能を観ることをすすめたのはピーターソンである。

（３）Peterson, Will. Letter to Gary Snyder, 17 August 1956. University of California, Davis, Ganeral Library, Special Collections.

（４）Whalen, Philip.Letter to Gary Snyder. 15 October 1956.

（５）筆者に語ったインタヴューより。付章インタヴュー参照。

（６）書物、人物に関して特定の記述はない。

（７）Jim Burns, "Gary Snyder: Back Country Zen" *Comstock Load* 4, pp.7-12.

（８）Yamazato, "Seeking a Falcum: Gary Snyder and Japan (1956-75)," p.74.

（９）『鈴木大拙全集』十七巻（岩波書店、一九七一年）三六一－三六二頁。「「一日作さざれば一日食わず」とは禅寺生活の第一義を文字通りに示している。百丈懐海禅師は禅堂制度の創始者であるが、常にその弟子達と共に何等かの作務即ち筋肉労働に従事していた。」と鈴木は書いている。スナイダーは、『景徳伝灯録』から「百丈懐海禅師のこと」を入矢義高教授の助けを借りて翻訳している。翻訳部分には、「屋外労働において上下の差に関わらず、一生懸命働く」、「百丈は十の部署をおいて「寮舎」（小屋）と呼んだ。それぞれの部署でひとりの長を置き、その監督のもとに多くの僧たちがそれぞれ自分の部署の仕事に従事した」がある。*Earth House Hold*, p80.

（10）『鈴木大拙全集』十七巻、三三六頁。

（11）『鈴木大拙全集』十二巻、一三五－一三七頁。

（12）Ekbert Fass, "Gary Snyder Interview." In *Toward A New American Poetics: Essays & Interviews*. Santa Barbara, California: Black Sparrow Press, (1978), p.115.

（13）Snyder, [Journal], 1958, no.1, 21 February. University of California, Davis, Ganeral Library, Special Collections.

（14）[Journal], 1958, no.1, 13 March. Journal], University of California, Davis, Ganeral Library, Special Collections.

（15）Snyder, Sourdough Mountain Journal, Summer, / vol.1.1953, p.15. University of California, Davis, Ganeral Library, Special Collections.

（16）スナイダー自筆日記、一九五八年十一月九日によると、日本語で「昨晩はロビンについてのゆめ（い）があった」と書かれており、ロビンはスナイダーの夢の記録をもとにした創作である。

（17）Snyder, Gary. Sourdough Mountain Journal, Summer, / vol.1.1953, p.15. University of California, Davis, Ganeral Library, Special Collections.

（18）スナイダー自筆日記、一九五八年一月一日には、シャルロット・ブロンテの『ジェーン・エア』を読み、「感受性が豊かで、誇り高く、教養のある英国女性である。私はロビンを思い出す。このような女性はロンドンで初めてだったかもしれないが、典型的なボストン女性にも当てはまる」と書き、詩や虚構における女性像を模索していることが伺える。一月六日の日記では、「アルテミス——森の女性のアーキタイプ」と記載がある。ロレンスの『恋する女たち』を読んだという読書記録もある。
(19) Arthur Waley, *The No Plays of Japan*, (Tokyo: Tuttle, 1976), p.115.
(20) E-mail to the author. 22 April 2006.
(21) "a glow of red leaves in dark woods" は、スナイダーによると、西海岸特有のセコイヤの森のなかにある深緑のツガや若芽のことを指している。E-mail to the author. 22 April 2006.
(22) Poulin, "Interview," n.d, p.11.
(23) Snyder, "Buddhist Anarchism." *Journal for the Protection of all Beings* (San Francisco, 1961).
(24) Snyder, *Passage Through India*, (San Francisco: Grey Fox Press, 1972), p.3. メルボルン大学でフランス、中国、日本文学を修めた後に来日。新宿で日本の対抗文化を形成していった詩人や芸術家と親交があった。スナイダーはインドに向かう客船のなかでハンターに出会った。
(25) 一九六〇年代後半から始まった日本における対抗文化の呼称を「部族」という。ナナオ・サカキ、山尾三省、長沢哲夫等が中心となった。厳密な意味での組織体ではなく、ゆるやかな運動体で、近代工業文明を批判し、オルタナティヴな生き方を模索した。「がじゅまるの夢族」(諏訪之瀬島)、「エメラルド色のそよ風族」(国分寺)、「雷赤鳥族」(富士見) などの「部族」が知られていた。七〇年代はヤマハ石油備蓄基地計画反対運動、一九八七年チェルノブイリ原発事故後、八八年「生命の祭り」を八ヶ岳で行い、「いのち派」として活動は続いている。機関誌「部族」。その後の機関誌は「人間家族」。発行人は長本光男。
(26) 〔一九二三—二〇〇八〕鹿児島県生まれ。戦時中は空軍に配属。戦後は部族の代表的なメンバーとして影響力を持つ。詩集『ココペリ』、対訳『亀の島』など。スナイダーとの親交は生涯続いた。
(27) 邦題不明。未出版。
(28) Snyder, *Dimensions of A Life*, Edited by Jon Halper (San Francisco: Sierra Club Books, 1991), "Snyder, Sakaki, and the Tribe." Katsunori Yamazato, p.95.
(29) 山尾三省『ジョーがくれた石　真実とのめぐり

合い』(地湧社、一九八四年)二四頁。
(30) Nagasawa, Testuo. Letter to Gary Snyder. 2 July 1966. 長沢の書簡によれば、サンフランシスコに戻ったスナイダーに文書の依頼をしている。
(31) 「部族新聞」創刊号は一万部印刷し新宿などで配った。
(32) 部族宣言――ぼくらは宣言しよう。この国家社会という殻の内にぼくらは、いま一つの、国家とは全く異なった相を支えとした社会を形作りつつある。と。統治する、或いは統治されるいかなる個人も機構もない、いや〝統治〟という言葉すら何の用もなさない社会、土から生まれ、土の上に何を建てるわけでもなく、ただ土と共に在り、土に帰っていく社会、魂の呼吸そのものである愛と自由と智恵による一人一人の結びつきが支えている社会をぼくらは部族と呼ぶ。山田、六一頁。
(33) スナイダーは京都に滞在していたときに、同志社大学の鶴見俊輔氏と交流があった。鶴見氏はその後もスナイダーの詩をパウンドに並ぶ世界詩人として評価している。
(34) 脱走米兵を諏訪之瀬島に受け入れることになった。同年八月十三日のべ平連主催の「反戦と変革にかんする国際会議」脱走兵を援助する「脱走兵協定」が調印を待たずに、八月四日、三名の脱走兵に同行して鹿児島から船で諏訪之瀬島に向かい、八月五日に諏訪之瀬島に到着している。鶴見俊輔・吉岡忍・吉川勇一編『帰ってきた脱走兵――ベトナムの戦場から25年』(第三書館、一九九四年四月三十日)「ベトナム反戦と脱走兵援助活動の年表」にスナイダーの動向が記されている。二三七-二三九頁。一九六八年八月四日「ティプトン、スミス、パラ三名の脱走兵、鹿児島から乗船。中之島へ。米詩人、ゲーリー・スナイダーも同行」と記されている。五日ティプトン、スミス、パラの三人、諏訪之瀬島着。十八日ティプトン、スミス、パラの三人、諏訪之瀬島から奈良へ向かう。その後三人は、奈良、大阪、羽田、千歳、釧路からストックホルムに到着している。
(35) Poulin, "Interview," n.d, p.27.
(36) Ibid., p.8.
(37) Matt Theado, *The Beats: A Literary Reference*, pp.412-

413.
(38) Snyder, *ARK* winter 1957. pp.18-19.
(39) ゲーリー・スナイダー「ビート・ジェネレーションに関するノート」(中央公論社、一九六一年一月) 二六〇—二六四頁。

第三章　波動＝女性＝創造性の発見――『波について』

(1) スナイダーは、アメリカの科学者、ジョン・ホールドレンの『エネルギー』やフィリップ・ヘレアの『エネルギーと力』を読み、社会科学から自然科学へと関心が移りつつあった。Steuding, p.132. 参照。
(2) スチューディングは、「スナイダーの初期の業績は――動物の美しさと目的性、神秘性、女性の優雅さと静かな力、無意識の心理の肉体的な広がりとしてのウィルダネス(『奥の国』)、そして、食物連鎖における人間の否定しがたい戦略的な立場(『神話と本文』)が『波について』で表現されているエネルギーと精神的な力への追求の魅力に合体していく」と述べている。
(3) Fass, "Gary Snyder Interview." In *Toward A New American Poetics: Essays & Interviews*, pp.139-140.
(4) Fass, "Gary Snyder Interview." In *Toward A New American Poetics: Essays & Interviews* p.145.
(5) hは訶、aは阿、一切の声の源、mは汗、損減の四字合成。一切諸法の実相、世界と存在者の絶対的真実相をあらわすもの。
(6) Fass, "Gary Snyder Interview." In *Toward A New American Poetics: Essays & Interviews*, p.127.
(7) Fass. "Gary Snyder Interview." In *Toward A New American Poetics: Essays & Interviews*, p.126.
(8) Fass, "Gary Snyder Interview." In *Toward A New American Poetics: Essays & Interviews*, p.40.
(9) Yamazato, *Seeking A Fulcrum*, p.98.
(10) 山尾三省、十五頁。

第四章　エネルギーと野性の詩学──『亀の島』

（1）Yamazato, *Seeking A Fulcrum*, p.130. 一九六七年、スナイダーはアレン・ギンズバーグらと共同でシエラネヴァダ山麓の森のなかに土地を購入した（Steuding, p.151）。アメリカに永住する決意をし、家族を伴い日本を去っている。帰国の理由の一つは、スナイダーが自分の禅堂をカリフォルニアに建てたいと願っていたことである。

（2）筆者に語ったインタヴューによると、スナイダーは、原爆の投下を初めて知ったときに感じた戦う決意を、年代、社会問題にしたがって、「形態」（form）を変えてきたが、一九四五年から継続しても ち続けてきた。したがって、この「怒り」もその形態の一つである。二〇〇六年八月十日、カリフォルニア州デイヴィス、エコノロッジ。

（3）〝Amerika〟については辞書的な典拠はなく、スナイダーの親友であり、詩人のアレン・ギンズバーグの当時の著作にもこの言葉はない。スナイダーの造語と判断できる。

（4）〝Gnowledge〟は、スナイダーによる、注は特になし。Knowledge+gnostic「知識・認識」の造語。

（5）D.T. Suzuki, *Manual of Zen Buddhism*, pp.21-25.

（6）向井照彦『アメリカン・ウィルダネスの諸相』（英宝社、二〇〇〇年）。向井は、アメリカのウィルダネスを、植民地時代から作家別ウィルダネスの描かれ方を分析している。第十一章において、ソローのウィルダネスを「現実と理念の世界」と位置づけ、自由と野生の領域と考察し、また十六章において、ヨセミテ自然保護運動を行ったジョン・ミューアを取り上げている。

（7）筆者に語ったインタヴューによると、「野性」とは秩序であり、人間の肉体が何千も変化しないで秩序だって形成されていくことを例に挙げている。「野性」は「木目における渦巻き」であり、回転しながら上昇していく科学的なエネルギーの流れであると語っている。したがって、コンポストでみられる普遍的な上昇の動きは、「野性」の秩序によるものである。二〇〇六年八月十日、カリフォルニア州デイヴィス。

（8）『鈴木大拙全集』七巻、一〇一－一〇四頁。

（９）Snyder, *A Place in Space: Ethics, Aesthetics, and Watersheds*, (Washington, D.C.: Counterpoint, 1995), p.66.“Nets of Beads, Webs of Cells: Ecosystems, and the First Precept in Buddhism,”初出は、Zen Center of Los Angeles and The Kuroda institute 出版の“The Ten Directions,” Spring/Summer 1991 Volume XII, No.1.。David Barnhill が、“Indra's Net as Food Chain : Gary Snyder's Ecological Vision”を（Spring/Summer 1990）で書き、それに対してのスナイダーの返答が翌年の会誌に掲載された。後にこれを『空間における場所』に収めた。

（10）原文の「本師」は、スナイダーが「仏陀」に置き換えている。「本師」は宗祖・教祖に相当する「本師釈迦牟尼佛」である。本師（佛ａ）〇 3308-1 本、364b」大藏經索引　第二十九冊 史傳部（下）大藏經學術用語研究會編　新文豊出版公司　写真複製版 [1962] 319 頁。

（11）増谷文雄、現代語訳『正法眼蔵』「山水経」二六頁。原文では、「竜魚の水を宮殿とみるとき、人の宮殿をみるがごとくなるべし」

（12）前掲書、原文では、「いま学仏のともがら、水をならはんとき、ひとすぢに人間のみにはほどこるべからず」二七頁。

（13）Fass, “Gary Snyder Interview,” In *Toward A New American Poetics: Essays & Interviews*, pp.127-128.

（14）付章インタヴュー参照。

（15）筆者に語ったところによると、「渦巻き」は「生命の光」ではないかという筆者の意見に興味を示しながらも、海面の現象であることを語った。付章インタヴュー参照。

（16）一九八四年、スナイダーの所有する禅堂、「骨輪禅堂」において、スナイダー、リード・ハミルトン、パトリック・マクマーホンの対談が行われた。この対談記録を *Buddhist Peace Fellowship Newsletter*, Vol.6 No.2 April 1984, pp. 12-14. 1983 に収録している。対談テーマは、“The Buddha Way as a way of peace and protection of all beings”であった。スナイダーは、一九七八年から、“Journal for the Protection of All Beings”の編集をしているアメリカの仏教徒の社会組織団体として、仏教徒平和財団があり、人間と世界の親密性を追求している。スナイダーは、危機にさらされた種の保護と精神と肉体をいかに解放するかなどを中心テーマに詩やエッセーを「すべての生命を保護するための新聞」という会誌に発表している。

(17) Buddhist Concerned For Animals (BCA) は、虐げられた動物を守り、人間以外の生物に慈悲と思いやりの倫理を施していこうという目的で設立された団体である。

(18) ホノルルとマウイにあるダイアモンド・サンガの創始者。The Buddhist Peace Felloship の創設者で、顧問。アン夫人とともにホノルルに住む。一九七四年、山田耕雲老師から嗣法。スナイダーは、『空間における場所』において、エイトケンの言葉を引用している。*A Place in Space*, p.105. 道元の翻訳にも参加している。"Buddhism Challenges the Peacemaker" という論文を会誌 *Buddhist Peace Fellowship Newsletters*, Volume 8, No.3, Summer 1986. に執筆している。

(19) Aitken, Robert. "Buddhist Ecology," p.1.

(20) Edited by Kazuaki Tanahashi, *Moon in a Dewdrop : Writing of Zen Master Dogen*, Transleted by Robert Aitken, Red Anderson, Ed Brown, Norman Fischer, Arnold Kotler, Daniel Leighton, Lew Richmond, David Schneider, Kazuaki Tanahashi, Katherine Thanas, Brian Unger, Mel Weitsman, Dan Welch, and Philip Whalen. New York: North Point Press, Farrar, Straus and Giroux, 1985.

(21) Goerge Sessions, "The Deep Ecology Movement : A Review," *Environmental Ethics*, Volume Eight, summer, 1987. pp.105-125.
"Anthropocentrism and The Environmental Crisis," *Humboldt Journal of Social Relations*, Vol. 2, (Fall/Winter, 1974.) pp.1-12. セッションズは、エコロジーの歴史的発展を論じている。そのなかで、スナイダーの生態学地域運動、再定住はディープ・エコロジー運動の基礎となっていると論じている。

(22) 〔一九三八—〕社会学者。カリフォルニア、ハンボルツ大学社会学部元教授。スナイダーとともにバイオリージョナル運動に取り組んでいる。"Reformist Environmentalism." *Humboldt Journal of Social Relations-6* :2-Sp/Sum 1979. によると、デヴァルは、環境危機の原因は現代社会の社会的なパラダイムの原理が無慈悲な適用をしていることによるもので、その解決のためにはディープ・エコロジーと改革的な環境主義の両方が必要であると論じている。ディープ・エコロジーは、形而上学、存在論、倫理を変革するものであり、改革的な環境主義は社会の原理を改革的に変化させるものである、としている。

（23）Bill Devall, "Ecological Realism." a chapter of Humanity and Radical will Edited by Michael Tobias, Avant Books 1981.

（24）スナイダーの造語。現在世界に存在するような政治的に決定された国境ではなく、自然や生態学的知識などを基礎として形成される「国」を想定する。ディープ・エコロジーや生態地域主義はその基礎的な思想である。スナイダーは、アメリカを六、七つのナチュラル・ネーションに分ける構想を練っている。

第五章　環境詩としての『終わりなき山河』

（1）letters to Ginsberg, (13, I ,59) University of California, Davis. General Libary, Special Collections.

（2）Gonnerman, Mark, ed. *A Sense of the Whole: Reading Gary Snyder's Mountains and Rivers Without End*, Berkeley: Counterpoint, 2015. pp-149-150.

（3）Hunt, Anthony. *Genesis, Structure, and Meaning in Gary Snyder's Mountains and Rivers without End*. Reno& Las Vegas: University of Nevada Press, 2004. p120. Murphy, Patrick D. A *Place for Wayfaring: The Poetry and Prose of Gary Snyder*, Corvallis: Oregon State University Press, 2000. p194.

（4）Gonnerman, *A Sense of the Whole*, p93.

（5）Bate, Jonathan, *The Song of the Earth*. London: Picader, 2000. p.247.

（6）Gonnerman, *A Sense of the Whole*, p51.

（7）Gonnerman, *A Sense of the Whole*, p52.

（8）"The Mountain Spirit," *Mountains and Rivers Without End*, p.141. 山の精が、"You had a bit of fame once in

the city / for poems of mountains,"と語りかける。
（9）邦訳『終わりなき山河』の註で、「能の謡いと語りのスタイルから構成された「山の精」は、三重の入れ子細工の「詩」となっていて」と言及されている。三重の入れ子とは、スナイダーの雪山登山での山の精の体験、能の形式、「山の精」という「詩」の構造を指している。拙者は、スナイダーの「山の精」には、エコセントリックな視点によって、さらなる入れ子の箱があると考えているので四重とした。また、ハント（Anthony Hunt）は、「山の精」の世界は、「鏡の広間」に入ることであると指摘していることも付記しておく。
（10）山里勝己「ゲーリー・スナイダーと再定住」、三二九頁。
（11）John P. O'grady, pp.275-91 を参照。
（12）イーフー・トゥアン『空間の経験』（ちくま学術文庫、二〇〇〇年）二四七頁。
（13）エドワード・レルフ『場所の現象学』（ちくま学術文庫、二〇〇〇年）八〇頁。
（14）土地の倫理／大地の倫理（Land Ethic）。アルド・レオポルドが、エッセー集『野生のうたが聞こえる』（一九四九年）で提唱した考え。従来、倫理則は個人間と人間の共同体に対してのみ適応されてきたが、共同体という概念の枠を土壌、水、植物、動物を総称した「大地」にまで拡大し、多様な種が自然の状態で存続する権利を保証しようというもの。適切な土地利用のあり方について、「経済的に好都合かという観点ばかりから見ず、……生物共同体の全体性、安定性、美観を保つものであるかどうかを調べてみる」べきであるとしている。《ヒトは生物共同体の征服者から、平凡な一構成員》という考えは、その後の環境倫理学の成立とエコロジー思想の革新に大きな影響を与えた。「ユリイカ」三月号「特集ネイチャーライティング」（青土社、一九九六年）二三三頁。
（15）そして、"all beings"には「自然界に有する深い価値とノン・ヒューマンな存在の主体性を追加する」と述べている。つまり、人間中心主義を超えて、「パン・ヒューマニズム」を提案することとなる。*The Old Ways*, p.9, *A Place in Space*, p.47.
（16）山里「ゲーリー・スナイダーと再定住」、三三〇頁。
(17) スナイダーのリードカレッジ以来の親友で僧侶のルー・ウェルチの詩集のタイトルにちなんで名づけられた。"Ring of Bone Zendo Newsletter"という会誌を作っている。一九八七年十月一号は、スナイダーの妻Masa Snyderが編集をしており、接心の案内、報告、詩の掲載など多岐に渡っている。University of California, Davis, General Library, Special Collections.
(18) ジョージ・セッション哲学者、カリフォルニアのシエラカレッジ教授。スナイダーともにディープ・エコロジーの運動を進めてきた。
(19) 山里勝己「場所の感覚」、文学・環境学会編『たのしく読めるネイチャーライティング——作品ガイド120』(ミネルヴァ書房、二〇〇〇年)。二四六頁。
(20) 萩野弘己、『地霊論　感性のトポロジー』(青土社、二〇〇一年)。八十七頁。
(21) 鈴木大拙『鈴木大拙全集』十一巻、一〇三頁。
(22) 高橋は、吉野裕子の『山の神』(人文書院、一九八九年)から、「古代日本人にとって山の神ほど重要な神はいない」と引用し、その「山の神」の神格は「蛇」に託され、「蛇信仰の特色は、現実に生きている蛇のほか、なんらかの意味で蛇に相似のものを蛇に見立てて、それを信仰し神聖化した」とし、「蛇に相似のもの」のひとつにヤマイモ類の蔓性植物をあげている。したがって、このようにしてたどると、「山姥」の源として蔓性植物をあげる謡曲『山姥』は、蛇、山の神につながるアニミスティックな古代信仰をふまえた自然認識をもっているといえると述べている。「文学と環境」第六号、October 2003、pp.15-22.
(23) Snyder, "Ecology, Literature, and the New World Disorder." *ISLE: Interdisciplinary Studies in Literature and Environment* 11.1 (Winter 2004): pp.1-13.
(24) Snyder, "Ecology, Literature, and the New World Disorder," pp.12-13.
(25) Clark, Timothy. *The Cambridge Introduction to Literature and the Environment*, Cambridge: Cambridge University Press, 2011.p140.
(26) Graves, Robert. *The White Goddess: A New Edition edited by Grevel Londop*, London: Faber and Faber, 1999. pp.374-378.

第六章　『絶頂の危うさ』をめぐって

（1）「第3回「正岡子規国際俳句賞」」の大賞が米国の詩人ゲーリー・スナイダー氏（74）に贈られることに決まった。（中略）」愛媛県と愛媛県文化振興財団などの主催。「読売新聞」二〇〇四年九月十日夕刊。

（2）筆者に語ったインタヴューによると、「俳文」（short essay & short poem）は新しい試みである。付章ゲーリー・スナイダーへのインタヴューを参照。

（3）筆者に語ったインタヴューでは、戦う決意は「形態」は変化しているが、生涯を貫いていると語った。付章インタヴュー参照。

（4）E-mail to the author. 4 April 2005. スナイダーは、"Dust in the Wind" the line comes from the *Heike Monogatari*." と答えている。

（5）冨倉徳次郎『平家物語全注釈』上巻（日本古典評釈・全注釈叢書、角川書店、一九六六年）三三頁。

（6）現役の詩人で仏教徒。ニューメキシコ市在住で図書館員。俳句を書き、TankaSplender 2000 を受賞。スナイダーとの交友は一九七四年から続いている。書簡はカリフォルニア大学デイヴィス校ライブラリースペシャルコレクションズに所蔵されている。

（7）"Ecology, Literature, and the New World Disorder." *ISLE Interdisciplinary Studies in Literature and Environment*, Volume 11.1(Winter 2004) p.9. 後にBack on The Fire において"Ecology, Literature, and the New World Disorder: Gathered on Okinawa" として収録される。

（8）Ibid., p.11.

（9）E-mail to the author. 14 July 2006. スナイダーの妻キャロルは、癌のため長期に渡り闘病生活を送り、スナイダーは看病に従事していた。二〇〇六年六月二十九日午後四時、キャロルは永眠した。インタヴューにもあるように、二〇〇二年から二〇〇三年、看病の傍らに創作した詩集である。

（10）井本農一・堀信夫・松村友次校注訳『日本古典文学全集』「松尾芭蕉集」（小学館、一九七二年）一五一一九頁。松尾芭蕉は『奥の細道』以後、「重み」を排して「軽み」につくことを主張した。

第七章　デプスエコロジーへの到達――『火を背にして』と『自由のエチケット』

（1）［一九三七―二〇一六］アメリカの作家、詩人。二〇一〇年スナイダーの『野性の実践』を原作としたドキュメンタリー映画『野性の実践』がある。
（2）Murphy, *A Place for Wayfaring*:.p.67.
（3）Heise,. *Sense of Place and Sense of Planets*, .pp.6-7.
（4）Murphy, *A Place for Wayfaring*:.p.67
（5）Steuding, *Gary Snyder*. Boston: Twayne Publishers, 1976.p.81.
（6）Steuding, *Gary Snyder Reader*,. pp.82-83.
（7）Sessions, George. *Deep Ecology For the 21st Century: Reading on the Philosophy and Practice of the New Environmentalism*. Boston & London: Shambhala, 1995. pp.176-177.

第八章　道元から得たもの

（1）生田省悟・村上清敏・結城正美編『「場所」の詩学』（藤原書店、二〇〇八年）一七一頁。
（2）生田『「場所」の詩学』一七五頁。
（3）野田研一『交感と表象――ネイチャーライティングとは何か』（松伯社、二〇〇三年）四一頁。
（4）頼住光子『道元の思想』（ＮＨＫ出版、二〇一一年）二一一頁。
（5）Scigaj, Leonard M. *Sustainable Poetry*. Kentucky: The Kentucky University Press, 1999. p262.

第九章　惑星思考と軽み――最新詩集『この現在という瞬間』

（1）組合の労働者、サンフランシスコの活動家でスナイダーの妹のロリーとかつて結婚していた。
（2）Their term *iworu* means “field” with implications of watershed region, plant and animal communities, and spirit force—the power behind the masks or

armor, *hayakpe*, of the various beings. (*The Practice of the Wild*, p.93)

（3）中沢啓治による自身の被ばく体験に基づく自伝的漫画。一九七三年から一九八五年。初出「週刊少年ジャンプ」。

（4）ツァーリ・ボンバ Tsar Bomba、「皇帝の爆弾」の意は、ソ連が開発した人類史上最大の水素爆弾の通称。

おわりに

これまでのスナイダーの詩と思想の変遷を振り返ってみよう。

二十代前半は、卒業論文や『神話と本文』をとおして、アメリカ先住民の神話を扱い、人間と自然との西洋文明にはない連続性を認識することになった。しかし、現実世界においては、人間の欲望によって、自然が破壊されていることに直面する。西洋人であるスナイダーは、アメリカ先住民と同じように考え、場所、自然と同じような関係を結ぶことはできないと認識をした。彼は、民俗学、文化人類学のように、アメリカ先住民を他者として、客観的対象として見る者になるのではなく、"Informant"(情報提供者)になろうとしたのである。それが詩人となる決意であった。西洋人であり、アメリカ先住民になれない自分を場所(土地)、自然と結びつけてくれるものとして出現したのが仏教であった。仏教は西洋の哲学とは異なり、修行によってその理論を体現し、実践することが求められる。場所・自然・実在・真如の体験と仏理との一致が求められ、この体験から、声としての詩がもたらされた。

『神話と本文』と同時期に書かれた『リップラップと寒山詩』においては、アメリカ先住民の研究で学んだ人間と動植物との対等で神話的な関係が反映されていると同時に、仏教の「慈悲」に支えられている。スナイダーは自己の「心の分岐点」を認識し、仏教を学ぶことによって、詩人として生きることを使命と感じている。日本滞在前に、彼は土地の詩人として生きていくことを決意したが、仏教がこの決意に必然的な結びつきをもたらした。

日本滞在中から、彼は禅の修行での作務、瞑想で得られた体験を積極的に詩作へ反映させた。禅を通して、無生物が生命を帯びる姿を詩に表現している。これは、「行動と思考」「自と他」の区別を超えた精神の領域を認知することができたことによるものである。禅によって、彼は精神の深層に生命、つまり女性性を見出し始めている。自己と非自己との境界をなくした経験を表すために、詩においては英語のシンタックスの枠を破壊し、「私」という主語が欠落する傾向をもつことになる。

禅の修行によって、彼は精神の深層に関心をもち、それを捉えようとした。現実の女性との関係をもとに、数々の女性像を創作した。妄執やカルマを象徴するロビン、幽を象徴する小町、生命力を象徴するアルテミスなどが挙げられる。そして、意識の深層が女性性をもつことを自覚するに至る。これは、自分自身の内面に女性性をもつことを認識することともなった。それは禅と神話を結ぶ領域となりえた。しかし、この時期は過渡的な段階であり、次の詩集においてさらなる発展が期待できる。

彼は詩の生成の源について考え、この時期に完成している。それは、妻＝波＝女性＝声＝創造的エネルギーである。これは神話、自然生態、仏教の三つの領域が融合されており、学生時代からの課題であった神話と世界のあり方を融合した想像力の世界の発見だった。さらに、仏教の研究を深めることにより、彼にとっての創造的エネルギーは、この時期より女性＝大地から生み出されることとなる。肉体感覚は大地から生まれるエネルギーと結びつき、それが詩となって表出される。マントラ即ち言語の種子となって、人間の内部と外部を置き、詩はそのようなエネルギーそのものの表出である。そして、自然との相互依存的な関係を育んでいくことにより、歌が自然現象そのものとなることを発見することができた。

さらに『亀の島』において、これまでの「波動」「エネルギー」「仏法」のテーマを継続させつつ、社会の諸問題つまりエネルギー危機に直面して、別のテーマとなる詩を書くようになる。これは、化石燃料の大量消費がエネルギー危機を生み、これをめぐって戦争や原子力発電という「病魔」のサイクルを生み、生命のエネルギーが病魔に冒されていることに対する怒りの詩である。これを治癒し、慈悲が施される悟りの状態へ保つための役割を不動明王に託すこととなる。このような「病魔」に冒されたエネルギーをあるべき姿に戻す規範として、彼は「野性」という生命の視点を生み出した。

彼は全生命の規範として、ウィルダネスつまり野性（wildness）を定義しているが、ここには、自然生態、心理学、神話、仏教の空の視点が融合されている。彼のヴィジョンの特質は、野性の視点へと継承されていっている。

野性のエネルギーは、循環する力を内在しており、こころも同じような動きをすることを描いている。こころでは、主体と客体が入れ替わった状態で、「空」と結びついている。彼は、読者にその境地に到達するように求めるのではなく、そこから言葉を運んでくることが詩人の使命であるとする。また、詩におけるエネルギーを呼び起こす構造が、「渦巻き」（a whorl）であると指摘している。それは循環していく野性の力である。

スナイダーの生態地域主義とディープ・エコロジーは、ナチュラル・ネーションの実現を展望することになる。彼のエコロジー意識は、「新しい民主主義」と呼ばれたが、「ナチュラル・ネーション」という思想を生むことになった。「ナチュラル・ネーション」とは、彼とアメリカ先住民を隔てた制度それ自体の枠組みを再考することにより、「文化的・人種的な背景」を超え、「場所」によって結びつく国のあり方である。

『野性の実践』において、野性の視点と生態地域主義について詳しく展開しているが、その際、道元の『正法眼蔵』が多く引用されている。とくに「現成公案」の「このところをうれば、この行李にしたがひて現成公案す」（今生きている場所が自己の真実を見極められる）（道元「現成公案」五六）を重視し、人間と場所との関係を見出している。スナイダーは仏教から個別かつ普遍的な自然との関係を見出してきたが、道元によって、場所と人間との普遍的な関係を見出したと言える。さらに、道元から「すべての生命を意識する倫理」つまり生命中心的視点と同時にバイオリージョナリズムの知見を見出すこととなった。

長編詩『終わりなき山河』について、本著での新規性は、環境詩として、それを成り立たせる要素について論じた点にある。環境詩学に対する関心や定義に関しては二〇〇〇年以降議論が始まっている。二〇〇二年、スコット・J・ブライソン編の『環境詩学——批評の導入』によって、そこで、エコポエトリーは、単に自然を詩に取り上げ、洞察を得ることだけでなく、生命中心主義、謙虚さ、懐疑主義等の要素があると指摘されているが、環境詩学の定義が未だ定まらないことを最終的に述べている。イギリスの文芸批評家ジョナサン・ベイトは、『地球の歌』（*The Song of the Earth*, 2000）で、「場所の沈黙」を語ることは、環境詩学における最も困難な、しかし究極の目的なのである（*Song* 151）と述べる。アメリカでは、二〇一三年に『環境詩学選集』（*The Ecopoetry Anthology*）が刊行され、スナイダーの詩が一番多く収められている。第五章では、夢、メタファーの生成、女性に関する詩と「山の精」について取り上げた。「山の精」と謡曲『山姥』を結びつける基底となったものは、「場所」である。スナイダーは「場所の感覚」を意識し、『山姥』では、土地のゆかりの語りとなっている。内容に関しては、謡曲『山姥』での山姥の舞が六道輪廻に苦しむものである一方で、山の精のダンスは人間と生態系が一体となるコミュニティの実現を表現し、謡曲『山姥』とスナイダーの大きな違いは、『山姥』における山姥の妄執の世界が、スナイダーの「山の精」においては、野性の物語に書き替えられていることにある。「山の精」の入れ子構造は、場所の感覚、山姥の形式、山姥信仰、野性の回復の物語、そして中心には、パフォーマンスを通して生態系と一体となるコミュニティの実現となっている。あるいは、「山の精」は、仏教の慈悲の心をもとにした生態系への深い智慧、エコセントリックな視点、野性の世界とアニミズムが融合された世界と言える。「山の精」の物語は、人間と生態系の好ましい相互依存の姿を願う物語であり、一つの場所に根ざす場所の文学が普遍的な価値をもち、生態系全体に捧げられている。スナイダーの自然の詩学が実現した一つの作品と言える。『終わりなき山河』は、エコロジーのありようを表象としてだけでなく、詩集全体でそのありようを実現する必要があったのだろう。詩集全体を通して、表象は相互に関係し、同時に変容していく。ここでは、時空間の横断、表象の言語学的神話学的生態学的連関、深層心理における表象の変身を論じ相関する表象を裏づけた。この詩集に女性をめぐる詩が多いのは、これまでの作品で培われてきた女性性、野性、創造的なエネルギーの表象の到達点となり、彼の環境詩学の一要素となりえたためではなかろうか。

第六章では『絶頂の危うさ』を考察した。この詩集は、日常生活を記録した俳文や短詩も多く収められているが、これは日常生活のもつ意味が変化したことを提示するものだ。創作中、スナイダーは妻キャロルの死と向きあい、家庭における「危うさ」が、スナイダーに影響を与えたことは言うまでもない。日常生活のなかに、妻の「絶頂の危うさ」に鍛えられた精神を見、これは、日常生活のなかに、永遠の修行が存在することを照らし出すものである。彼は「絶頂の危うさ」と「風塵」という新しい文学表象を提示しながら、人間中心の視点にとらわれずに「生態学的規範」を受け入れ、「内なるエネルギー」から詩を生み出し続けていることを私たちに伝えている。『絶頂の危うさ』での新しい境地は、生きている喜びに加え、俗世を離れず心を高くもち、「大叡智」を追究する精神の表明だ。

つづいて二〇〇七年のエッセー集『火を背にして』と二〇一〇年の対談録『自由のエチケット』を取り上げた。バイオリージョナリズムについては、初出の『野性の実践』から『空間における一つの場所』において、ディープ・エコロジーに関して論が重ねられ、アメリカ先住民の文学と共鳴しながら、場所の文学を提示することになった。地域主義だけでなく、惑星全体を志向する想像力へと変貌をとげている。カリフォルニアの火災と向きあってきた経験から、火災に適応した森林をつくる方法で火を理解することの重要性、自然の法や生態学的規範を再定義する。野性、道、生態学的規範が同義であり、これに敬虔にしたがうことの重要性を述べる。不動明王は、火の文学表象とも言え、火は野性、道、「生態学的規範」に従い、デプスエコロジーを促す作用を有する。新しい文学表象の火も野性、自然の道に従って生きることを示している。

私がゲーリー・スナイダーの詩に出会ったのは、学部学生の一九九〇年代であった。それから、詩の勉強会「遊牧民」に出会い、アメリカ現代詩と出会うことになった。その当時、勉強会は白百合女子大学で開かれ、金関寿夫先生も毎回参加された。当時スナイダーの『ノー・ネイチャー』の翻訳をされていたと記憶している。新潟大学の大学院の博士課程で、スナイダーの詩について博士論文の執筆を始め、佐々木充教授には「スナイダーはなぜ詩でなくてはならなかったのか」と作品に向きあい詩の深い意味を理解するよう懇切丁寧な指導を受けた。その間に、現名桜大学学長の山里勝己先生の勧めで、UCデイヴィスのスナイダーコレクションでの調査を数回行うことができたことは幸いであった。獨協大学の原成吉教授には『現代アメリカ女性詩集』の翻訳時にスナイダーへのインタヴューをご支援くださり、継続的にあたたかいご指導を頂戴していることを感謝申し上げる。思潮社編集部の髙木真史さんには構想段階から刊行に至るまで貴重な助言と支援をいただき、遠藤みどりさんには丁寧な編集をしていただいたことに深く感謝申し上げる。

二〇一五年に最新詩集が刊行され、その詩集の随所に見られる空間的未来志向から、二〇一七年五月、スナイダーは八十七歳となった今でも、未だ知的好奇心は常に旺盛である。原爆投下の知らせを聞いたときに感じた怒りと破壊的な力と戦う姿勢は、形態が変わっても貫かれていると語っていたように、人間と自然の共生に向けてこれからも戦い続けていくことだろう。本書を通して、スナイダーのこれまでの創作において、生命の共同体の実現という理想に向かって、場所、神話、禅、自然生態が継続的に培われ、絡み合いながら形成されてきたことが明らかになった。このような融合的なヴィジョンには、生態学的規範と女性性が根底にあるだろう。海外の学会でこの点を発表した際に、エコフェミニズムと有益な評価を頂戴したが、一つの理論に収まりきれないほど広範囲で有機的な想像力を有し、新たな思想を生む原動力と牽引力を併せもつコスモポリタンな詩人、ここにスナイダーの独自の詩の世界があり、世界で広く読まれる普遍性があるのだと信じる。

＊本書は、科学研究費補助金の助成を受けて刊行しました。

略号一覧

Riprap & Cold Mountain Poems, San Francisco: Four Seasons Foundation, 1965. [*RC*]

The Back Country, New York: New Directions, 1968. [*BC*]

Myths & Texts, New York: New Directions, 1978. [*MT]*

Regarding Wave, New York: New Directions, 1970. [*RW*]

Turtle Island, New York: New Directions, 1974. [*TI*]

Axe Handles, San Francisco: North Point Press, 1983. [*AH*]

Left Out in the Rain: New Poems 1947-1985, San Francisco: North Point Press, 1986. [*LOR*]

No Nature: New and Selected Poems, New York: Pantheon, 1992. [*NN*]

Mountains and Rivers Without Ends, New York: New Directions, 1996. [*MRWE*]

Danger on Peaks, Washington, D.C.: Shoemaker & Hoard, 2004. [*dp*]

Earth House Hold, New York: New Directions, 1969. [*EHH*]

The Old Ways, San Francisco: City Lights Books, 1977. [*TOW*]

The Real Work, New York, North Point Press, 1980. [*TRW*]

The Practice of the Wild, New York: North Point Press, 1990. [*POW*]

A Place in Space: Ethics, Aesthetics, and Watersheds, Washington, D.C.: Counterpoint, 1995. [*APS*]

Back on the Fire. California: Shoemaker & Hoard, 2007. [*BC*]

The Etiquette of Freedom: Gary Snyder, Jim Harrison, and The Practice of the Wild. Berkeley: Counterpoint, 2010. [*EF*]

This Present Moment: New Poems, Berkeley: Counterpoint, 2015. [*TPM*]

『道元禅師全集　第一巻　正法眼蔵 1』訳註水野弥穂子、春秋社、2002 年
『道元禅師全集　第三巻　正法眼蔵 3』訳註水野弥穂子、春秋社、2006 年
『道元禅師全集　第十四巻　語録』訳註伊藤秀憲、角田康隆、石井修道、春秋社、2007 年
『道元禅師全集　第十六巻　宝慶記正法眼蔵随聞記』訳註伊藤秀憲、東隆眞、春秋社、2003 年
頼住光子『道元の思想』NHK 出版、2011 年

＊未出版の文献の引用は、カリフォルニア大学デイヴィス校シールズライブラリー、スペシャルコレクション、ゲーリー・スナイダーアーカイブスの許可を得ている。その他、未出版のインタヴュー、電子書簡は、ゲーリー・スナイダー氏からの許可を得ている。

向井照彦『アメリカン・ウィルダネスの諸相』英宝社、2000 年
森鷗外『寒山拾得』新潮社、1968 年
山尾三省『ジョーがくれた石　真実とのめぐり合い』地湧社、1984 年
――,『深いことばの山河』日本教文社、1996 年
山田塊也『アイ・アム・ヒッピー～日本のヒッピームーヴメント '60－'90』第三書館、1990 年
山里勝己『場所を生きる――ゲーリー・スナイダーの世界』山と渓谷社、2006 年
――,「ゲーリー・スナイダーと再定住――人間中心主義を越えて」、スコット・スロヴィック、野田研一編『アメリカ文学の〈自然〉を読む』ミネルヴァ書房、1996 年
――,「ゲーリー・スナイダー　人と作品」、金関寿夫・加藤幸子訳『スナイダー詩集　ノー・ネイチャー』思潮社、1996 年
「ユリイカ」1996 年 3 月号、「特集：ネイチャー・ライティング」
吉川幸次郎・小川環樹編集・校閲『中国詩人選集二集』岩波書店、1962 年
レヴィ・ストロース、荒川幾男訳『構造人類学』みすず書房、1972 年
「人間家族」人間家族編集室、1988 年
『八大山人』シリーズ文人画粋編　中国篇、中央公論社、1986 年
映像資料『太平洋をつなぐ詩の夕べ』テレコムスタッフ、2012 年

2-4. 仏教に関する文献

Aitken, Robert. "Buddhist Ecology," n.d.
Buddhist Peace Fellowship Newsletter, Vol.6 No.2 April 1984,pp.12-14.
"Journal for the Protection of All Beings"
Buddhist Concerned For Animals, no.1-2, 6, 11(1986-1987)
D.T. Suzuki, *Manual of Zen Buddhism*, New York: Grove Press, 1960.
大藏經索引　第二十九冊 史傳部（下）大藏經學術用語研究會編　新文豊出版公司　写真複製版、1962 年
木村清孝『中国華厳思想史』、平樂寺書店、1992 年
『鈴木大拙全集』第七巻、岩波書店、1971 年
『鈴木大拙全集』第十一巻、岩波書店、1971 年
『鈴木大拙全集』第十二巻、岩波書店、1971 年
『鈴木大拙全集』第十七巻、岩波書店、1971 年

1978):211-241.

2-3. 邦語文献・資料

生田省悟・村上清敏・結城正美編『「場所」の詩学』藤原書店、2008 年
池田知久『荘子　上　全訳注』講談社学術文庫、2014 年
井本農一・堀信夫・松村友次校注訳『日本古典文学全集』松尾芭蕉集、小学館、1972 年
入矢義高編注『中国詩人選集　第五巻　寒山』岩波書店、1958 年
潁原退蔵校訂『去来抄・三冊子旅寝論』岩波書店、1982 年
エドワード・レルフ、高野岳彦・阿部隆・石山美也子訳『場所の現象学』ちくま学芸文庫、1999 年
金関寿夫『アメリカ・インディアンの口承詩　魔法としての言葉』、平凡社、2000 年
——,『異神の国から——文学的アメリカ』南雲堂、1990 年
——,『アメリカ現代詩ノート』研究社、1977 年
——,『アメリカ現代詩を読む』、「八瀬のイージーライダー」（原成吉訳）初出 Jon Halper (ed.), *Gary Snyder: Dimensions of Life* San Francisco: Sierra Club Books, 1991, pp.70-75.
草野心平編『宮沢賢治研究』筑摩書房、1958 年
久須本文雄『寒山拾得』講談社、1995 年
小山弘志・佐藤喜久雄・佐藤健一郎校注訳『日本古典文学全集』34　謡曲集二、小学館、1975 年
ジョセフ・キャンベル、平田武靖他訳『千の顔をもつ英雄』下巻、人文書院、1984 年
イーフー・トゥアン『空間の経験』ちくま学術文庫、2000 年
冨倉徳次郎『平家物語全注釈　上巻』、日本古典評釈・全注釈叢書、角川書店、1966 年
野田研一『交感と表象　ネイチャーライティングとは何か』松伯社、2003 年
エドワード・レルフ『場所の現象学』ちくま学術文庫、2000 年
ポール・ラディン他『トリックスター』昌文全書、1974 年
J・W・ミーカー『喜劇とエコロジー』法政大学出版局、1988 年
『宮沢賢治全集』第二巻、筑摩書房、1956 年
『宮沢賢治全集』第三巻、筑摩書房、1956 年

by Michael Tobias, Avant Books 1981.
——, "Reformist Environmentalism." *Humboldt Journal of Social Relations-6* : 2-Sp/Sum 1979: 129-158.

Fass, Ekbert. "Gary Snyder Interview." In *Toward A New American Poetics: Essays & Interviews.* Santa Barbara, California: Black Sparrow Press, (1978): 105-42.

Graham, Dom Aelred. *Conversations: Christian and Buddhist.* New York: Harcourt, Brace, and World, 1968.Contains a conversation between Snyder and the Catholic priest Graham in Kyoto, Japan, September 4, 1967 concerning Zen and drugs.

Helm, Michael. "Gary Snyder, an Interview." in *City Miner*, Vol.4, No.1 (1979).

Mao, Nathan. "The Influence of Zen Buddhism on Gary Snyder." *Tamkang Review* 5.2 (1974): 125-133.

Meltzer, David. "Gary Snyder Interview." In *San Francisco Beat Talking with The Poets*, San Francisco: City Lights Books, 2005.

O'Grey, John P. "Living Landscape: An Interview with Gary Snyder." *Western American Literature* 33.3 (Fall 1998): 275-91

Parkinson, Thomas. "The Poetry of Gary Snyder." The Southern Review, Ⅳ (1968). 612-632

Poulin, A. "Interview." n.d 音声版は "Interview." by A. Poulin, at SUNY, Brockport, Fall 1972.

Sato, Koji. "Psychotherapeutic Implications of Zen," *Psychologia: An International Journal of Psychology in the Orient*; Koji Sato, Editor, Psychologia Society, Vol. I, No.4, December 1958, pp.213-218.

Sessions, George. "The Deep Ecology Movement : A Review," *Environmental Ethics*, Volume Eight, summer, 1987: 105-125.

——, "Anthropocentrism and The Environmental Crisis," *Humboldt Journal of Social Relations*, Vol. 2, (Fall/Winter, 1974.): 1-12.

Turn, Nathaniel. "From Anthropologist To Informant: A Field Record of Gary Snyder." in *Alcheringa*, No.4, 1972.

Wai-lim Yip. "Aesthetic Consciousness of Landscape in Chinese and Anglo-American Poetry." *Comparative Literature Studies* 15, No.2, (June

State University Press, 2000.
Rasula, Jed. *This Compost: Ecological Imperatives in American Poetry.* Athens and London: The University of Georgia Press, 2002.
Scigaj, Leonard M. *Sustainable Poetry.* Kentucky: The Kentucky University Press, 1999.
Sessions, George. *Deep Ecology For the 21st Century: Reading on the Philosophy and Practice of the New Environmentalism.* Boston & London: Shambhala, 1995.
Steuding, Bob. *Gary Snyder.* Boston: Twayne, 1976.
Wyatt, David. *The Fall into Eden: Landscape and Imagination in California.* New York: Cambridge University Press, 1986.
Waley, Arthur. "27 Poems by Han-Shan." encounter III.3 (September1954)
——, *Noh plays of Japan*, Charles Tuttle, 1954.
Watts, Allan. "Beat Zen, Square Zen, and Zen," The summer 1958 "Zen" issue of Chicago Review.
Watson, Burton. trans., *Cold Mountain: 100poems by the T'ang poet Han-Shan.* New York& London: Columbia University Press, 1970.
——, *The Zen Teachings of Master Lin-chi.* New York: Columbia University Press, 1993.
Welch, Lew. *I Remain: The letters of Lew Welch & The Correspondence of His friends Volume One: 1949-60.* ed., Donald Allen, Bolinas, California: Grey Fox Press,
——, *Ring of Bone:*
Yamazato, Katsunori. "Seeking A Fulcrum: Gary Snyder and Japan (1956-75)." University of California, Davis, 1987.

2-2. 英語論文・インタヴュー

Burns, Jim. "Gary Snyder: Back County Zen." *Comstock Lode 4*, n.d.
Crunk, James Wright. "The Work of Gary Snyder." *The Sixties 6*, (Spring 1962): 25-42.
Devall, Bill. "The Deep Ecology Movement." *Natural Resources Journal*, 20, (1987): 299-322.
——, "Ecological Realism." a chapter of *Humanity and Radical will* Edited

University of Utah Press, 2002.

Campbell, Joseph. *The Hero with a Thousand Faces.* New York: Princeton University Press, 1949.

Clark, Timothy. *The Cambridge Introduction to Literature and the Environment.* Cambridge: Cambridge University Press, 2011.

Dean, Tim. *Gary Snyder and the American Unconscious: Inhabiting the Ground.* New York: At Martin's, 1991.

Devall, Bill and Sessions, George. *Deep Ecology: Living As If Nature Mattered.* Salt Lake City: Gibbs Smith, Publisher Peregrine Smith Books, 1985.

Dogen. *A Moon in a dewdrop*: Writings of Zen Master Dogen. New York: North Point Press, 1985.

Gonnerman, Mark, ed. *A Sense of the Whole: Reading Gary Snyder's Mountains and Rivers Without End.* Berkeley: Counterpoint, 2015.

Graves, Robert. *The White Goddess: A New Edition.* London: Faber and Faber, 1999.

Halper, John, ed., *Gary Snyder: Dimensions of a life.* San Francisco: Sierra Club Books, 1991.

Heise, K. Ursula. *Sense of Place and Sense of Planet: The Environmental Imagination of the Global.* New York: Oxford University Press, 2008.

Hunt, Anthony. *Genesis, Structure, and Meaning in Gary Snyder's Mountains and Rivers Without End.* Reno & Las Vegas: University of Nevada Press. 2004.

Kerouac, Jack. *The Dharma Bums.* New York: New American Library, 1959.

Matt Theado, ed. *The Beats A Literary Reference.* New York: Carole & Graf Publishers, 2001.

McClure, Michael. *Scratching The Beat Surface.* San Francisco: North Point Press,1982.

Molesworth, Charles. *Gary Snyder's Vision: Poetry and the Real Work.* Columbia: University of Missouri Press, 1983.

Murphy, Patrick D.. *Understanding Gary Snyder.* Columbia, South Carolina: University of South Carolina Press, 1992.

——, *A Place for Wayfaring: The Poetry of Gary Snyder.* Oregon: Oregon

General Library, Special Collections. 17 August 1956.

1-5. ゲーリー・スナイダーからの書簡

Letters to Ginsberg, University of California, Davis, General Library, Special Collections. 13, I ,59.

1-6. ゲーリー・スナイダーからの筆者への電子メール

"Re: questions about danger on peaks." E-mail to the author. 4 April 2005.
"Re: Questions." E-mail to the author. 14 Feburary 2006.
"Re: Questions about your Hyakujyo translation." E-mail to the author. 13 April 2006.
"Re: Stay at Davis." E-mail to the author. 14 July 2006.
"Re: Thank you for answering." E-mail to the author. 22 April 2006.
"Re: Interview." E-mail to the author. 1 August 2006.
"Re: Interview." E-mail to the author. 4 August 2006.
"Re: Thank you so much and questions." E-mail to the author. 29 August 2006.
"Re: Thank you so much and questions." E-mail to the author. 11 October 2006.

2-1. 英語文献

Almon, Bert. *Gary Snyder.* Boise, Idaho: Western Writers Series No. 37, 1979.
"Gary Snyder," In *Fifty Western Writers*: A Bio-Bibliographical Sourcebook. Edited by Fred Erisman and Richard W. Etulain. Westport, Conn., and London: Greenwood Press, (1982): 444-453.
Altieri, Charles. *Enlarging the Temple: New Directions in American Poetry during the 1960s.* Lewisburg, Pa.: Bucknell University Press, 1979.
Abram, David. *The Spell of the Sensuous: Perception and Language in a More-Than-Human World.* New York: Pantheon, 1996.
Buell, Lawrence. *The Environmental Imagination: Thoreau, Nature Writing, and the Formation of American Culture.* Cambridge: Harvard UP, 1995.
Bryson J, Scott, ed. *Ecopoetry: A Critical Introduction.* Salt Lake City: The

Counterpoint, 1995.
The Etiquette of Freedom: Gary Snyder, Jim Harrison, and The Practice of the Wild. Berkeley: Counterpoint, 2010.
Back on the Fire. California: Shoemaker & Hoard, 2007.
"Some Memories of Professor Iriya Yoshitaka" 入矢義高先生追悼論集、2000年、汲古書院
"Nets of Beads, Webs of Cells: Ecosystems, and the First Precept in Buddhism," 初出は、"The Ten Directions," Spring/Summer 1991 Volume XII, No.1. Zen Center of Los Angeles and The Kuroda institute.
"Buddhism Challenges the Peacemaker," *Buddhist Peace Fellowship Newsletters*, Volume 8, No.3, Summer 1986.
"Ecology, Literature, and the New World Disorder." ISLE Interdisciplinary Studies in Literature and Envinronment, Volume 11.1(Winter 2004).

1-3. ゲーリー・スナイダーの自筆日記 [Journal]

Sourdough Mountain Journal, Summer, / vol. 1. 1953. University of California, Davis, General Library, Special Collections.
[Journal], 1957, no.1-3, University of California, Davis, General Library, Special Collections.
[Journal], 1958, no.1, no.2, Spt.30-Dec.16 University of California, Davis, General Library, Special Collections.

1-4. ゲーリー・スナイダーへの書簡

Sasaki, Ruth Fuller. Letter to Gary Snyder. University of California, Davis, General Library, Special Collections. 10 June 1953, 27 June 1953, 6 April 1955.
Nagasawa, Tetsuo. Letter to Gary Snyder. 27 November 64, 2 July 1966, 30 October 1967, 19 June 1969, 18 September 1973. University of California, Davis, General Library, Special Collections.
Whalen, Philip. Letter to Gary Snyder. University of California, Davis, General Library, Special Collections. 4 August 1956, 15 October 1956.
Petersen, Will. Letter to Gary Snyder. University of California, Davis,

引用文献・資料

1-1. ゲーリー・スナイダーの詩集

Riprap & Cold Mountain Poems, San Francisco: Four Seasons Foundation, 1965.

The Back Country, New York: New Directions, 1968.

Myths & Texts, New York: New Directions, 1978.

Regarding Wave, New York: New Directions, 1970.

Turtle Island, New York: New Directions, 1974.

Axe Handles, San Francisco: North Point Press, 1983.

Left Out in the Rain: New Poems 1947-1985, San Francisco: North Point Press, 1986.

No Nature: New and Selected Poems, New York: Pantheon, 1992.

Mountains and Rivers Without Ends, New York: New Directions, 1996.

The Gary Snyder Reader: Prose, Poetry, and Translation, Washington, D.C.: Counterpoint, 1999.

Danger on Peaks, Washington, D.C.: Shoemaker & Hoard, 2004.

This Present Moment, Berkeley: Counterpoint, 2015.

1-2. ゲーリー・スナイダーのエッセー集・エッセー

Earth House Hold, New York: New Directions, 1969.

The Old Ways, San Francisco: City Lights Books, 1977.

He Who Hunted Birds in His Father's Village: The Dimensions of a Haida Myth. Bolinas, California: Grey Fox Press, 1979.

Passage Through India, San Francisco: Grey Fox Press, 1972.

The Real Work, New York, North Point Press, 1980.

The Practice of the Wild, New York: North Point Press, 1990.

Good Wild Sacred, Madley, Hereford, England: Five Seasons Press, 1984; 2nd edition, Charbury, Oxford, England: The Senecio Press, 1985. (Reprint of a essay with the same title from The CoEvolution Quarterly, Autumn 1983.)

A Place in Space: Ethics, Aesthetics, and Watersheds, Washington, D.C.:

マ行

ヤ行

ラ行

ワ行

サ行

索引

著者とスナイダー

高橋綾子（たかはし あやこ）
1970年生まれ。長岡技術科学大学准教授。共著に *Thoreau in the 21st Century Perspectives from Japan*（金星堂、2016）、『知の新視界』（南雲堂、2003）訳書に『現代アメリカ女性詩集』（小川聡子との共訳）（思潮社、2012）等がある。クリタ・水環境科学研究優秀賞受賞（公益財団法人クリタ水・環境科学振興財団、2010）。

ゲーリー・スナイダーを読《よ》む——場所《ばしょ》・神話《しんわ》・生態《せいたい》

著者
高橋綾子《たかはしあやこ》
発行者
小田久郎
発行所
株式会社 思潮社
〒一六二—〇八四二 東京都新宿区市谷砂土原町三—十五
電話〇三（三二六七）八一五三（営業）・八一四一（編集）
FAX〇三（三二六七）八一四二
印刷所
三報社印刷株式会社
製本所
小高製本工業株式会社
発行日
二〇一八年三月三十一日